TAUSENDUNDEINE NACHT

NACH RICHARD F. BURTON

DIE BIBLIOTHEK VON BABEL

Eine Sammlung phantastischer Literatur
herausgegeben von JORGE LUIS BORGES

TAUSENDUNDEINE NACHT

NACH RICHARD F. BURTON

Mit einem Vorwort von Jorge Luis Borges

Erzählungen **BÜCHERGILDE GUTENBERG**

INHALT

VORWORT

In Triest, im Jahre 1872, in einem Palazzo mit bemoosten Statuen und mangelhaften sanitären Einrichtungen, begab sich ein Herr, dessen Gesicht von einer afrikanischen Narbe gezeichnet war – der Kapitän Richard Francis Burton, englischer Konsul – an eine berühmtgewordene Übersetzung des *Quitah alif laila ua laila*, eines Buches, das die Ungläubigen auch *das Buch von den Tausendundein Nächten* nennen. Eine der heimlichen Absichten seiner Arbeit war die Vernichtung eines anderen Herrn (auch er mit dem dunklen Bart eines Mauren, auch er von der Sonne gegerbt), der gerade dabei war, in England ein umfangreiches Wörterbuch zusammenzustellen und der, lange bevor Burton ihn vernichten konnte, mit Tod abging. Es war Edward Lane, der Orientalist, Verfasser einer gewissenhaften Übersetzung der *Tausendundein Nächte*, die die von Galland abgelöst hatte. An irgendeiner Stelle seines Werkes versichert Rafael Cansinos Asséns, er sei imstande, den Sternen in vierzehn klassischen und modernen Sprachen seinen Gruß zu entbieten. Burton träumte in siebzehn Sprachen und beherrschte, so wird erzählt, deren fünfunddreißig: semitische, dravidische, indo-europäische, äthiopische... Dieser Sprachenstrom gibt seine Persönlichkeit aber noch nicht völlig wieder: er ist nur ein Zug in seinem Porträt und steht mit anderen in Einklang, die nicht weniger exzessiv sind. Niemand brauchte sich von dem bekannten Scherzwort im *Hudibras* gegen die Doktoren, die imstande seien, in verschiedenen Sprachen rein nichts zu sagen, weniger getroffen zu fühlen als er: Burton war ein Mann, der überaus viel zu sagen hatte, und die 72 Bände seines Werks legen immer noch Zeugnis davon ab. Ich zitiere aufs Geratewohl ein paar Titel: *Goa und die Blauen Berge*, 1851; *Bajonettübungen, systematisch dargestellt*, 1853; *Persönlicher Bericht von einer Wallfahrt nach Medina*, 1855; *Die Seengebiete von Äquatorialafrika*, 1860; Die Stadt der Heiligen, 1861; *Erforschung der Hochflächen Brasiliens*, 1869; *Über einen Hermaphroditen der Kapverdischen Inseln*, 1869; *Briefe von den Schlachtfeldern von Paraguay*, 1870; *Ultima Thule oder ein Sommer in Island*, 1875; *An der Goldküste auf Goldsuche*, 1883; *Das Buch des Schwertes* (erster Band), 1884; *Der Duftende Garten von Nafzaua* – ein nachgelassenes Werk, das Lady Burton dem Feuer übergab, ebenso eine Sammlung von Epigrammen im Geist des Priap. Der Schriftsteller wird in diesem Verzeichnis faßbar, der englische Kapitän, der an Erdkunde ebenso leidenschaftlich interessiert war wie an den unzähligen Arten des Menschseins, die unter den Menschen bekannt sind. Ich will seinem Gedächtnis nicht zu nahe treten, indem ich ihn mit Morand vergleiche, dem seßhaften Reiter auf zwei Sprachen, der ohne Ende in den Fahrstühlen ein und desselben internationalen Hotels hinauf- und hinunterfährt und ehrfürchtig das Schauspiel eines Koffers genießt ... Burton war als Afghane verkleidet zu den heiligen Städten Arabiens gepilgert; seine Stimme hatte den Herren angefleht, er möge seine Gebeine und seine Haut, sein schmerzempfindliches Fleisch und sein Blut vor dem Feuer des Ewigen Zorns und der Gerechtigkeit verschonen; er hatte mit seinem vom Samum ausgedörrten Mund auf dem Aerolith, der in der Kaaba verehrt wird, einen Kuß hinterlassen. Dieses Abenteuer ist berühmt geworden: wäre das Gerücht aufgekommen, ein Unbeschnittener, ein Mazrani, sei im Begriff, das Heiligtum zu entweihen, so wäre sein Tod besiegelt gewesen. Vorher hatte er im Gewand eines Derwisch in Kairo die Heilkunde betrieben, nicht ohne zwischendurch Taschenspielerkünste und Zauberei zu praktizieren, um das Vertrauen seiner Patienten zu gewinnen. Um das Jahr 1858 hatte er eine Expedition zu den verborgenen Quellen des Nil angeführt: ein Kommando, das ihm die Entdeckung des Tanganjika-Sees eingebracht hatte. Bei diesem Unternehmen wurde er von hohem Fieber befallen; im Jahr 1855 durchbohrten ihm die Somalis die Backen mit einer Lanze. (Burton kam von Harrar, der für Europäer verbotenen Stadt im Inneren Abessiniens.) Neun Jahre später machte er Bekanntschaft mit der furchtbaren Gastfreundschaft der in strengen Bräuchen erzogenen Kannibalen des Dahome; als er von dort zurückkam, fehlte es nicht an Gerüchten (die er vielleicht selber ausstreute, sicher aber bestärkte), die behaupteten, er hätte von »sonderbarem Fleisch« gegessen wie der allesverschlingende Prokonsul bei Shakespeare. Die Juden, die Demokratie, das Auswärtige Amt und das Christentum waren ihm besonders verhaßt; Lord Byron und den Islam verehrte er. Aus dem einsamen Geschäft des Schreibens hatte er eine Kraftleistung pluralistischer Art gemacht: schon früh am Morgen ging er sie an, in einem weiträumigen Salon, der in elf Tische aufgeteilt war; auf jedem Tisch lag das Material für ein Buch, und auf einem von ihnen stand ein lichter Jasminzweig in einem Gefäß mit Wasser. Er entfachte bedeutende Freundschaften und Liebschaften; was die ersten angeht, sei an die mit Swinburne erinnert, der ihm die zweite Folge von *Poems and Ballads* widmete – »in recognition of a friendship which I must always count among the highest honours of my life« – und der seinen Hingang in einer Menge Strophen beklagte. Als ein Mann in Worten und Taten konnte Burton mit vollem Recht den auftrumpfenden Spruch des *Diwan* von Almotanabi für sich in Anspruch nehmen:

Das Roß, die Wüste, die Nacht kennen mich,
Der Gastfreund und das Schwert, das Papier und die Feder.

Man wird bemerkt haben, daß ich – angefangen mit dem Amateur-Menschenfresser bis hin zu dem polyglotten Schläfer – auch jene Wesenszüge Richard

Burtons nicht verworfen habe, die wir, ohne in unserer Teilnahme für ihn nachzulassen, als legendär ansprechen können. Der Grund liegt auf der Hand: der Burton der Burtonschen Legende ist der Übersetzer von *Tausendundeiner Nacht*. Ich habe einmal die Vermutung ausgesprochen, der radikale Unterschied zwischen der Poesie und der Prosa sei in der jeweils ganz anders gearteten Erwartung des lesenden Menschen begründet. Bei der ersten wird eine Intensität vorausgesetzt, die man bei der zweiten nicht duldet. Ähnlich verhält es sich mit Burtons Werk: es ist im Besitz eines vorgängigen Prestiges, mit dem in Wettbewerb zu treten bislang keinem Arabisten möglich war. Außerdem hat es den lockenden Reiz des Unzugänglichen, denn es gibt nur eine einzige Ausgabe, die auf tausend Exemplare für tausend Subskribenten des Burton-Clubs beschränkt war und laut gerichtlicher Verfügung nicht wieder aufgelegt werden durfte. (Die Neuausgabe von C. Smithers »verzichtet auf gewisse Stellen von übelstem Geschmack, deren Tilgung von niemandem beklagt werden wird«. Die repräsentative Auswahl von Bennett-Cerf, die Vollständigkeit vortäuscht, stützt sich auf diesen gereinigten Text.) Ich will mich hyperbolisch ausdrükken: die *Tausendundein Nächte* in der Übersetzung von Sir Richard Burton zu lesen ist ein Unternehmen, das nicht weniger unglaubhaft ist, als läse man sie »wörtlich aus dem Arabischen übersetzt und kommentiert« von der Hand Sindbads des Seefahrers.

Die Probleme, die Burton löst, sind unaufzählbar. Doch lassen sie sich im Rahmen eines Gesamtbildes auf drei zusammenziehen. Er wollte als Arabist sein Ansehen rechtfertigen und weiter ausbreiten; er wollte ostentativ von Lane abweichen; er wollte britische Kavaliere des 19. Jahrhunderts mit der schriftlichen Übersetzung muselmanischer – und zwar mündlicher – Erzählungen aus dem 13. Jahrhundert fesseln. Die erste seiner Absichten war mit der dritten womöglich nicht vereinbar; die zweite verleitete ihn zu einem schweren Fehler, wie wir gleich sehen werden. Hunderte von Distichen und Liedern kommen in den *Nächten* vor: Lane (der keiner Lüge fähig war außer im Zusammenhang mit Dingen des Fleisches) hatte sie wortgetreu in einer lässigen Prosa wiedergegeben. Burton war Dichter: im Jahr 1880 hatte er die *Casidas* veröffentlicht, eine evolutionistische Rhapsodie, die von Lady Burton immer viel höher eingeschätzt wurde als die *Rubayyat* von Fitzgerald. Die Prosaauflösung des Rivalen konnte bei ihm nur Entrüstung hervorrufen, weshalb er sich für eine Übertragung in englische Verse entschied – ein von vornherein unseliges Beginnen, da diese Behandlung seinem eigenen Prinzip völliger Buchstabentreue widersprach. Außerdem fühlte das Gehör sich fast ebenso gekränkt wie der logische Verstand. (…)
Ich habe den fundamentalen Unterschied erwähnt, der zwischen der ursprünglichen Zuhörerschaft der Geschichten und dem Club von Burtons Subskriben-

ten besteht. Jene waren Spitzbuben, Neuigkeitenkrämer, Analphabeten, unendlich mißtrauisch in Dingen der Gegenwart, aber gläubig im Hinblick auf fern zurückliegende Wunder; diese waren feine Herren von West End, blasiert und für Gelehrsamkeit zu haben, doch nicht für Schreckensgeschichten und derbe Späße. Jene hatten Sinn dafür, daß der Walfisch am Schrei eines Menschen stirbt; diese hatten eher Sinn für die Menschen, die einer eventuellen Todeswirkung dieses Schreis Glauben schenken. Die Wundererscheinungen im Text – gewiß ausreichend im Kordufan oder in Bulak, wo sie als Wahrheiten ausgegeben wurden – liefen in England Gefahr, einen ziemlich dürftigen Eindruck zu machen. (Niemand verlangt von der Wahrheit, daß sie wahrscheinlich oder ausgesprochen geistreich ist; nur wenige Leser, die sich mit *Leben und Briefwechsel von Karl Marx* befassen, fordern entrüstet das systematische Schema der *Contrerimes* von Toulet oder den kunstgerechten Aufbau eines Akrostichons.) Damit die Subskribenten ihm nicht davonliefen, gab Burton eine Menge erklärender Anmerkungen »über die Sitten und Gebräuche des islamischen Menschen«. Es muß betont werden, daß Lane auf diesem Gebiet Vorarbeit geleistet hatte. Kleidung, Tageslauf, religiöse Praktiken, Baulichkeiten, Hinweise auf die Geschichte oder den Koran, Spiele, Künste, Mythologie – über all das war schon in den drei Bänden des lästigen Vorgängers Licht verbreitet worden. Nur fehlte – wie vorauszusehen – das Erotische. Burton (dessen erster Versuch mit der Feder einem sehr persönlich gehaltenen Bericht über die Bordelle von Bengalen gegolten hatte) war in überragender Weise befähigt, eine derartige Ergänzung zu liefern. Ein treffendes Beispiel für die lasziven Lustbarkeiten, bei denen er verweilte, ist eine gewisse ziemlich willkürliche Anmerkung im 7. Band, die im Index unter dem anmutigen Stichwort »capotes mélancoliques« verzeichnet steht. Die *Edinburgh Review* warf ihm vor, er schreibe für die Gosse. Die *Ecyclopaedia Britannica* entschied, daß eine integrale Übersetzung untragbar und die Übersetzung von Edward Lane »für Leser mit seriösen Absichten nach wie vor unübertroffen« sei. Entrüsten wir uns nicht allzusehr über diese verschollene Theorie, die der gereinigten Ausgabe wissenschaftlich und dokumentarisch den Vorrang zuerkennt. Burton bewarb sich geradezu um dergleichen zornige Anwürfe. Übrigens sind die nur sehr wenig abwechslungsreichen Varianten der physischen Liebe nicht der einzige Gegenstand, dem er als Kommentator Aufmerksamkeit schenkt. Vielmehr wartete er mit einem enzyklopädischen und aufgeblähten Kommentar auf, dessen Mitteilungsbedürfnis zu seiner Notwendigkeit im umgekehrten Verhältnis steht. So umfaßt der 6. Band (der mir vorliegt) an die dreihundert Anmerkungen, von denen die folgenden hervorgehoben zu werden verdienen: eine Verurteilung der Gefängnisse und eine Verteidigung der Leibesstrafen wie der Geldstrafen; ein paar Beispiele für die Achtung des Islam vor dem Brot; eine Legende von der Behaartheit der Beine der Königin Belkis; eine Erklärung der vier emblematischen Farben des Todes; orientalische Theorie und Praxis der Undankbarkeit; die Mitteilung, daß bei den Engeln die Farbe von Schafwolle am beliebtesten sei, bei den Geistern der Goldfischton; eine zusammengefaßte Wiedergabe der geheimen Nacht der Herrschaft oder der Nacht aller Nächte; ein kritischer Hinweis auf die Oberflächlichkeit von Andrew Lang; eine Diatribe gegen das demokratische Regierungssystem; eine Aufzählung der Namen Mohammeds auf der Erde, im Feuer und im Garten; eine Erwähnung des Volkes der Amalekiter, die hoch in die Jahre kommen und hochgewachsen sind; eine Anmerkung über die Schamteile der Muselmanen, welche beim Mann vom Nabel bis zum Knie und bei der Frau von Kopf bis Fuß reichen; eine Betrachtung über den »asa'o« des argentinischen Gaucho; ein Hinweis auf die Beschwerlichkeiten des »Reitens«, wenn das Reittier ebenfalls menschlich ist; ein grandioses Projekt, hundsköpfige Affen mit Weibern zu kreuzen, um auf solche Art eine Unterrasse tüchtiger Proletarier zu gewinnen. Im Alter von fünfzig Jahren hat ein Mensch Lieblingsvorstellungen, Obszönitäten und eine Masse von Anekdoten in sich aufgespeichert; Burton schüttet diesen ganzen Sack in seinen Anmerkungen aus.

Das Grundproblem bleibt bestehen. Wie ergötzt man

Herren des 19. Jahrhunderts mit Geschichten im Geist des 13. Jahrhunderts? Die stilistische Dürftigkeit der *Nächte* ist hinlänglich bekannt. Burton spricht an einer Stelle von dem »trockenen und geschäftsmäßigen Ton« der arabischen Prosaschriftsteller, im Gegensatz zu dem rhetorischen Überschwang der Perser, Littmann, der jüngste Übersetzer, bekennt offen, daß er Worte wie »fragte«, »bat«, »erwiderte« eingefügt habe, während auf den fünftausend Seiten des Originals unveränderlich nur »sagte« vorkommt. Burton ergeht sich mit besonderer Vorliebe in dergleichen Ersatzwendungen. Sein Wortschatz ist nicht weniger buntscheckig als seine Anmerkungen. Der Archaismus lebt einträchtig mit dem Argot, der Gefängnis- und Seemannsjargon mit dem »terminus technicus« zusammen. Er kann sich mit den hybriden Fortbildungen des Englischen nicht genug tun; weder das skandinavische Repertorium von Morris noch das Latein Johnsons bevorzugt er einseitig: vielmehr bringt er beide zusammen oder läßt sie aufeinanderprallen. Der Neologismus und die Fremdwortbildung feiern Feste: castrato, inconséquence, hauteur, in gloria, bagnio, langue fourrée, pundonor, vendetta, Wazir. Jedes dieser Wörter mag an und für sich richtig sein, im Textzusammenhang sind sie jedoch falsch. Heilsam falsch insofern, als sie von dem manchmal einschläfernden Gang der Nächte ablenken. Burton dosiert sie: anfangs übersetzt er gewichtig: Suleiman, Sohn Davids; dann –

nachdem wir mit dieser Majestät bekannt sind – macht er aus ihr Solomon Davidson. Ein König, der für die übrigen Übersetzer »König von Samarkand in Persien« ist, heißt bei ihm: »ein König von Samarkand in der Barbarei«; ein Händler, der für die anderen »zornmütig« ist, wird bei ihm zum »Zornnickel«. Das ist noch nicht alles. Burton schreibt die Geschichte am Anfang und am Schluß neu, in einer von ihm selbst erfundenen Fassung, und schmückt sie mit Nebenumständen und physiologischen Einzelzügen aus. (…)

JORGE LUIS BORGES

DIE ERZÄHLUNG DER SCHLANGENKÖNIGIN

Einst lebte im Griechenland längst vergangener goldener Tage ein großer Gelehrter namens Daniel, der viele Schüler und Nachfolger fand; auch die Weisen im Rat der Griechen folgten seinen Vorschlägen und vertrauten seiner erfahrenen Klugheit. Aber eines hatte Allah ihm versagt: es wurde ihm kein Sohn geboren. Als er eines Nachts, wie so oft, in Gedanken an dieses Wunschkind wachlag und weinte, weil niemand seine Weisheit erben und fortführen würde, fiel ihm ein, daß ja Allah, der Erhabene, das Gebet jener erhört, die an ihn glauben; daß vor seinem Tor kein strenger Türhüter wacht, daß Allah großzügig in seiner Güte handelt und keinen Bittsteller mit leeren Händen fortschickt. So flehte er den Allmächtigen an, ihm einen Nachfolger zu schenken und ihm Seinen Segen mitzugeben. Noch in derselben Nacht, als er mit seiner Frau geschlafen hatte, war sie schwanger.
Nur wenige Tage darauf mußte er eine weite Schiffsreise antreten, aber das Schiff versank, und er konnte sich nur auf einer Planke retten; von all seinen Büchern blieben ihm nur fünf Blätter in Händen. Als er endlich wieder in der Heimat war, legte er die fünf Blätter in eine Truhe, schloß sie ab, gab seiner hoch-

schwangeren Frau den Schlüssel und sprach: »Ich fühle, daß mein Ende naht und die Zeit der Heimkehr von diesem Ort des Übergangs in das schöne Land der Dauer. Da du schwanger bist, und nach meinem Tod vielleicht einem Sohn das Leben schenkst, gib ihm den Namen Hasib Karim al-Din und sieh zu, daß er in allem die beste Erziehung erhält. Wenn der Junge erwachsen ist und dich fragt, was ihm sein Vater als Erbschaft hinterlassen hat, gib ihm diese fünf Blätter; wenn er die gelesen und verstanden hat, wird er der größte Gelehrte seiner Zeit sein.« Dann nahm er Abschied von seiner Frau, seufzte noch einmal tief auf und ließ die Welt endgültig hinter sich – Allah der Höchste sei ihm gnädig! Seine Familie und seine Freunde weinten und trauerten um ihn, wuschen ihn und sorgten für ein stattliches Begräbnis; dann machten sie sich auf den Heimweg. Schon wenige Tage später brachte die verwitwete Mutter einen gesunden Sohn zur Welt und nannte das hübsche Kind Hasib Karim al-Din, wie ihr Mann es gewollt hatte. Und gleich nach der Geburt ließ sie die Astrologen rufen, die sein Horoskop mit allen Aspekten stellten und dann zu ihr sagten: »Du mußt wissen, daß dies Neugeborene ein langes Leben erwartet, aber erst nach einer großen Gefahr in jungen Jahren; wenn er die übersteht, wird ihm großes Wissen in allen Wissenschaften zuteil.« Nach dieser Weissagung ließen sie die beiden allein.

Nach zwei Jahren an der Brust entwöhnte sie den

Kleinen und brachte ihn mit fünf Jahren in die Schule, aber er wollte nichts von Büchern wissen. Da nahm sie ihn wieder aus der Schule und ließ ihn ein Handwerk lernen, aber auch hier war er ungeschickt und nichts wollte ihm recht gelingen. Die Mutter weinte und machte sich Sorgen, bis ihr die Leute rieten: »Verheirate ihn, vielleicht daß er dann für seine Frau aufkommen und etwas lernen will.« Also suchte sie ihm ein geeignetes Mädchen und ließ die beiden heiraten; aber auch das fruchtete nichts, die Zeit verging und er widmete sich dem Nichtstun. Da kamen eines Tages Nachbarn zu ihr, Holzfäller, die meinten, man solle dem Sohn doch einen Esel, Stricke und eine Axt kaufen: »Wir nehmen ihn in die Berge mit und schlagen dort Brennholz; den Ertrag teilen wir mit ihm, und dann hat er etwas für dich und seine Frau.« Als sie das hörte, war sie hocherfreut und erleichtert, kaufte dem Sohn Esel, Stricke und Axt, begleitete ihn selbst zu den Holzfällern und übergab ihn feierlich ihrer Obhut. »Mach' dir um den Jungen keine Sorgen«, meinten die Männer beim Abschied, »der Herr wird ihn schon schützen, und schließlich ist er der Sohn unseres Scheichs.« Sie nahmen ihn mit in die Berge, schlugen Brennholz im Wald, luden es auf die Esel und kehrten zurück in die Stadt, wo das Holz verkauft wurde und das Geld den Familien zugute kam. So ging es tagaus, tagein und schon eine ganze Weile, bis sie einmal im Gebirge von einem heftigen Gewittersturm überrascht wurden und in eine große Höhle flüchteten, bis alles vorbei war. Hasib Karim hatte sich abseits von den anderen in einem Winkel der Höhle niedergelassen und fing an, ganz in Gedanken mit der Axt auf den Boden zu schlagen. Da merkte er plötzlich, daß der Boden unter dem Beil hohl klang; sofort fing er an zu graben, und bald stieß er auf eine runde Steinplatte mit einem Ring in der Mitte. Aufgeregt auf seinen Fund starrend, rief er die anderen Holzfäller herbei, und nach einigem Graben hatten seine Gefährten die Platte auch schon hochgehoben. Darunter entdeckten sie eine Falltür, die sich öffnen ließ und den Blick freigab auf eine Zisterne voller Bienenhonig. Freudig erregt berieten sie sich: »Das ist eine riesige Menge Honig, und wir brauchen bloß in die Stadt zu reiten, große Gefäße zum Abfüllen holen, den Honig verkaufen und uns den Erlös teilen; aber einer muß inzwischen hierbleiben und die Zisterne bewachen.« Hasib war auch gleich bereit, die Wache zu übernehmen, bis sie ihre Töpfe und Gefäße brachten. Also ließen sie ihn dort allein, kamen zurück und füllten immer wieder Honig in Behälter, die sie auf die Esel luden und in den Straßen der Stadt verkauften.

So ging es tagelang; nachts schliefen sie in der Stadt, während Hasib die Höhle bewachte, und am nächsten Morgen kamen sie wieder und holten Honig, bis nur noch ein kleiner Rest in der Zisterne war und sie wieder berieten: »Hasib war's, der den Honig fand, und morgen wird er sicher in die Stadt gelaufen kommen und uns verklagen, daß ihm der Erlös gehört, weil er der Finder war. Da bleibt uns nur eins: wir lassen ihn in die Zisterne hinunter, um den Rest Honig zu schöpfen und machen uns aus dem Staub; allein kann er nicht mehr heraus, muß vor Hunger sterben und niemand erfährt etwas von der Sache.« Nach und nach waren alle mit diesem Plan einverstanden, als sie auf die Höhle zuritten, und kaum angekommen, rief einer Hasib herbei: »Komm, lieber Hasib, und hilf uns, wir lassen dich in die Grube hinab, damit du uns den Rest vom Honig holst.« Er ließ sich nicht lange bitten, reichte ihnen den letzten Honig vom Zisternenboden herauf und rief dann: »Zieht mich wieder heraus, ich bin fertig«, aber als Antwort kam nichts als Schweigen. Die Männer hatten sich fortgeschlichen, alles auf ihre Esel geladen und waren auf und davongeritten. Da weinte der Alleingelassene herzzerreißend und rief in seiner Not: »Es gibt keine Macht und keine Größe außer in Allah!«, und klagte doch bitterlich. Inzwischen waren seine sauberen Gefährten mit dem Verkauf des Honigs fertig und gingen zu Hasibs Mutter; sie weinten ihr etwas vor und wünschten ihr ein längeres Leben, als es ihrem Sohn bestimmt war. Erschrocken rief sie da: »Ist er etwa tödlich verunglückt?«, als sie ihr tiefbekümmert erzählten: »Wir haben auf dem Berggipfel Holz gemacht, als ein heftiges Gewitter losging und wir in eine Höhle unterkrochen; da riß sich der Esel deines Sohnes los und floh ins Tal hinunter, dein Sohn ihm hinterher, als auch schon ein großer hungriger Wolf auf beide losging, deinen Sohn in Stücke riß und das Eselchen verschlang.« Als die arme Mutter das hörte, schlug sie sich selbst ins Gesicht vor Schmerz, streute sich Asche aufs Haupt und versank in tiefe Trauer; und sie hätte den Kummer kaum überstanden, wenn die Holzfäller ihr nicht jeden Tag Speise und Trank gebracht hätten. Diese aber leisteten sich neue Läden, wurden Kaufleute und machten sich ein schönes Leben.

Ihr Opfer, Hasib Karim, hörte unterdessen nicht auf mit Weinen und Hilferufen, bis er sich müde auf dem Zisternenboden niederließ, als ein großer Skorpion auf ihn herabfiel; er schreckte hoch und tötete das Tier. Dann verfiel er ins Grübeln, wie der Skorpion bloß in die honiggefüllte Zisterne geraten sein mochte, bis er aufstand und die Wände rechts und links abtastete; da fand er einen Spalt, aus dem der Skorpion gefallen war, und sah auch schon das Tageslicht durch den Spalt schimmern. Sofort grub er mit seinem Holzknechtsmesser nach und machte das Loch fenstergroß, bis er hindurchkriechen konnte. Er folgte dem Gang eine Zeitlang, kam dann zu einer Art großer Vorhalle, die zu einem riesigen Tor aus schwarzem Eisen führte, mit einem silbernen Schloß daran, und darin steckte ein goldener Schlüssel. Wie magisch angezogen schlich er sich zu dem Türspalt und sah innen ein strahlendes Licht; rasch drehte er den Schlüssel, öffnete das Tor und ging auf das Licht zu, bis er zu einem künstlichen See kam, in dessen Mitte es geheimnisvoll silbern schimmerte. Da trat er noch dichter heran und sah endlich ganz in der Nähe einen Hügel aus grünem Jaspis, mit einem goldenen Thron darauf, an dem es nur so von Juwelen blitzte und funkelte; um den Thron herum standen unglaublich viele goldene und silberne Schemel, sogar solche aus blattgrünem Smaragd. Auf dem Hügel angekommen, konnte er an die zwölftausend Stühle zählen, und als er den Thron in der Mitte bestiegen und Platz genommen hatte, verfiel er ins Staunen über den See und die vielen Stühle und überließ sich so lange der Bewunderung, bis er über allem einschlief.

Was ihn später aufweckte, klang wie lautes Fauchen und Zischen, Schnarren und Rascheln; er richtete sich, als er die Augen öffnete, steil hoch vor Schreck, als er auf jedem Stuhl eine riesige Schlange sah, manche bis zu hundert Ellen lang. Bei diesem Anblick packte ihn furchtbare Angst. Seine Kehle wurde ihm vor übergroßer Furcht so trocken, daß er glaubte, keinen Speichel mehr zu haben, und Todesangst ergriff ihn, wenn er die Augen sah, die wie glühende Kohlen glänzten. Dann blickte er auf den See und erkannte, daß die vermeintlich schimmernde Flut ein Gewimmel kleiner Schlangen war, deren wahre Zahl nur Allah wissen konnte. Nach einer Weile bewegte sich eine Schlange auf ihn zu, so groß wie ein Muli, die auf ihrem Rücken eine Goldschale balancierte; auf der lag eine weitere Schlange, die wie Bergkristall

glänzte und deren Kopf die Gesichtszüge einer Frau erkennen ließ. Sie sprach auch wie ein Mensch, als sie ihn, vor Hasib angekommen, huldvoll begrüßte; ehrerbietig gab er den Gruß zurück, als eine der Schlangen von ihrem Sitz heruntergleitt und sie von ihrer Goldschale auf einen thronnahen Sitz hob. Da zischte sie die anderen Schlangen in ihrer Sprache an; alles glitt und ringelte sich von den Sitzen hinab und huldigte ihr, bis sie das Zeichen gab, wieder Platz zu nehmen. Nun wandte sie sich an Hasib: »Fürchte dich nicht, Jüngling, denn ich bin die Königin und Sultanin all dieser Schlangen.« Als ihn die Bedeutung dieser Worte erreicht hatte, faßte er neuen Mut, und sie ließ ihm etwas zu essen bringen, Äpfel und Trauben, Mandeln und Granatäpfel, Pistazien, Haselnüsse, Bananen und Walnüsse, ließ alles vor ihm aufbauen und sprach dann: »Sei willkommen, junger Mann, und nenne uns deinen Namen.« Als sie den gehört hatte, ermutigte sie Hasib zum Zulangen, auch wenn es kein Fleisch gäbe: »Du brauchst von uns nicht das Geringste zu befürchten.«
Nun endlich kam ihm der Appetit, er aß nach Herzenslust und pries Allah den Erhabenen. Als dann die Schalen abgeräumt waren, fragte ihn die Königin nach seinem Woher und was ihm zugestoßen sei, daß er hierher gefunden habe. Bereitwillig und bis ins einzelne gab er Auskunft, erzählte vom Tod des Vaters, seiner Geburt, der ergebnislosen Schulzeit, dem Holzfällerleben, dem glücklichen Honigfund mit dem un-

glücklichen Ende allein in der Zisterne, Skorpion, Erdspalt, Eisentür und Thronentdeckung, bis er die ganze lange Geschichte mit den Worten abschloß: »Nun kennst du alle Abenteuer meines jungen Lebens, Allah weiß, wie es noch enden wird!« Die Königin hatte ihn schweigend angehört und sagte nur: »Dir wird alles zum Guten gelingen. Jetzt aber, lieber Hasib, bleib eine Weile bei mir und höre mir zu, erfahre du meine Geschichte und meine wunderbaren Abenteuer.« – »Dein Wunsch ist auch mein Wunsch«, kam es von Hasib, worauf sie mit dieser Erzählung begann:

DIE ABENTEUER BULUKIAS

»Einst lebte in Kairo ein König der Kinder Israel, ebenso weise wie fromm, und schon ganz gebeugt vom vielen Lesen gelehrter Schriften; der hatte einen Sohn namens Bulukia. Als er altersschwach dem Tod entgegensah, kamen die Großen und Beamten seines Reiches zu einer letzten Audienz; er empfahl ihrer treuen Sorge einzig seinen Sohn Bulukia, sprach dann ›Es gibt keinen Gott außer Gott dem Höchsten‹, seufzte tief auf und verließ diese Welt – Allah sei seiner Seele gnädig! Darauf bahrte man ihn auf, reinigte ihn und bereitete ihm ein großes Staatsbegräbnis. Seinen Sohn Bulukia machten sie zum Sultan an seiner Statt. Er regierte das Königreich gerecht, und das Volk hatte Frieden.

Da wollte er sich eines Tages die Schatzkammern seines Vaters genauer ansehen. In einem der innersten Räume fand er eine Art versteckter Tür, die er öffnete, und zu seiner größten Überraschung befand er sich in einer Kammer, in deren Mitte eine weiße Marmorsäule stand, mit einem Kästchen aus Ebenholz darauf. Als er dies öffnete, sah er ein weiteres goldenes Kästchen, und darin fand er ein Buch. Gleich fing er an, es zu lesen: es war ein Bericht unseres Herrn Mohammed, den Allah segne und erhalte, und wie jener am Ende der Zeiten als höchster aller Propheten zu uns gesandt würde. Über dieser außerordentlichen Lebensgeschichte erfaßte Bulukia Liebe für den Propheten; unverzüglich versammelte er die Großen des Hauses Israel, Priester, Wahrsager und Schriftgelehrte, und machte ihnen das Buch vertraut, las auch Teile daraus vor, bis er zu dem Schluß kam: ›Mein Volk, nun sehe ich mich gezwungen, meinen Vater aus der Erde zu nehmen und verbrennen zu lassen.‹ Nach dem Grund gefragt, erklärte er der bestürzten Versammlung: ›Weil er dies Buch vor mir versteckt hat statt mich einzuweihen.‹ Denn der alte König hatte das Buch aus der Thora und den Büchern Moses und Abrahams zusammengeschrieben, hatte es in der entlegensten Schatzkammer verborgen und es keiner Menschenseele gezeigt. Doch die Versammelten widersprachen: ›König, Euer Vater ist tot, sein Körper in der Erde und seine Sache in den Händen des Herrn. Ihr solltet seinen Körper nicht aus dem Grabe holen.‹ Da wußte er, daß sie seinen Wunsch nicht dulden würden, verließ die Versammlung, ging zu seiner Mutter und sprach: ›Liebe Mutter, ich habe unter den Schätzen meines Vaters ein Buch über Mohammed, den Propheten Allahs, gefunden, der in den letzten Tagen der Menschheit kommen wird; das hat mein Herz tief berührt. Darum steht mein Beschluß fest, ihn zu suchen und so lange durch das Land zu ziehen, bis ich ihn finde; sonst müßte ich vor Sehnsucht nach seiner Liebe sterben.‹ Er zog die schönen Gewänder aus, nahm einen schlichten Mantel aus Ziegenfell und grobe Sandalen und bat zum Abschied: ›Vergiß mich nicht in deinen Gebeten.‹ Die Mutter weinte und fragte: ›Was soll nur aus uns werden, wenn du fortgehst?‹, aber Bulukia hielt es nicht länger, und er empfahl sie der gütigen Hand Allahs des Höchsten.

Dann machte er sich zu Fuß nach Syrien auf, ohne sein Volk einzuweihen; und als er das Meer erreicht hatte, fand er ein Schiff, das ihn in die Mannschaft aufnahm. Als sie nach langer Meerfahrt zu einer Insel gelangten, gingen die Seeleute an Land. Bulukia setzte sich weit entfernt von den anderen unter einen Baum und schlief bald ein. Als er aufwachte, suchte er nach dem Schiff, aber die anderen hatten ohne ihn Segel gesetzt und waren verschwunden; als er sich nun auf der Insel umsah, fand er Schlangen, so groß wie Kamele und Palmen, die unaufhörlich Allah und seinen Propheten Mohammed anriefen und beider

Einheit priesen, was ihn über alle Maßen erstaunte. Als sie ihn sahen, umringten sie ihn, und eine fragte: ›Wer bist du und woher kommst du, und wohin willst du?‹ Er nannte seinen Namen, auch daß er von den Kindern Israel gekommen war, um, in Liebe zu Mohammed entbrannt, diesen zu suchen. ›Wer aber seid ihr, edle Schlangen?‹ – ›Wir bewohnen die Hölle Jahannam und leben zur Strafe der Sünder.‹ Auf seine Frage, wie sie hierhergekommen seien, gaben die Schlangen ein Bild der Hölle: ›In ihrer unglaublichen Siedeglut atmet sie zweimal im Jahr, im Sommer aus, im Winter ein, daher die Sommerhitze und der kalte Winter. Beim Ausatmen speit ihr gewaltiger Bauch uns aus, wenn sie einatmet, zieht es uns wieder in ihren Höllenschlund.‹ Bulukia wollte schaudernd wissen: ›Gibt es denn noch größere Schlangen als euch in der Hölle?‹ – ›Die Wahrheit ist, daß es uns nur wegen unserer Kleinheit beim Ausatmen hinauswirft, denn in der Hölle verbleiben Schlangen von solch riesigem Ausmaß, daß sie es nicht spüren, wenn die Größte von uns ihnen über die Nase kriecht!‹ Nun fragte Bulukia nach ihren Lobeshymnen auf Allah und Mohammed, und wie sie von dem Propheten wüßten. ›Der Name Mohammed ist ans Tor des Paradieses geschrieben; und nur um seinetwillen schuf Allah die Weltsphären und das Paradies, Himmel, Erde und Hölle, und beider Name ist auf ewig vereint. Nun verstehst du unsere Liebe zu Mohammed, den Allah segne und behüte!‹

Das alles bestärkte Bulukia noch in seiner verzehrenden Sehnsucht nach Mohammed und seinem Anblick; darum verließ er die Schlangen und fand, als er wieder die Küste erreichte, ein Schiff unter Land, verdingte sich wieder als Seemann und segelte lange mit, bis sie eine Insel erreichten. Als er hier wieder an Land ging, hatte er nach einigem Herumstreifen die verschiedensten Schlangenarten und -größen gesehen, in deren unüberschaubarer Zahl besonders eine auffiel, die weiß leuchtend und heller als Kristall auf einer goldenen Schale ruhte, auf dem Rükken einer anderen Schlange, die so groß war wie ein Elefant. Das aber, du errätst es, lieber Hasib, war ich selbst!« Hasib war gespannt, was sie geantwortet hatte: »Als ich Bulukia sah, begrüßte ich ihn feierlich, worauf er zurückgrüßte, und fragte ihn nach Woher und Wohin. Er erzählte mir alles von seiner Suche nach Mohammed, wollte auch wissen, wer ich sei, und ich trug ihm Grüße an den Propheten auf, wenn er ihn je fände. Dann verließ mich Bulukia und unterbrach seine Reise nicht eher, bis er die heilige Stadt Jerusalem vor sich sah.

Dort lebte damals ein großer Gelehrter, dessen Forschung auf dem Gebiet der Geometrie, Astronomie und Mathematik ebenso intensiv war wie in weißer Magie und Spiritualismus. Aber er hatte auch Theologie studiert, die Bücher Moses, die Evangelien, Psalmen und Schriften Abrahams. Sein Name war Affan, und er hatte in seinen Büchern gefunden,

daß der die Herrschaft über alle Wesen erringen würde, ob Menschen oder Geister, Vögel oder Raubtiere, dem der Siegelring Salomos zufiele. Auch hatte er bei seinen Forschungen herausgefunden, daß unser Herr Salomo in einem Sarg begraben wurde, der durch ein Wunder über die sieben Meere entführt und unerreichbar für alle geworden war; weder Sterbliche noch Geister konnten ihm den Ring vom Finger ziehen, und keinem Seefahrer konnte es gelingen, jene sieben Meere zu durchsegeln, über die der Sarg entschwunden war. Noch ein Geheimnis hatte er in den Büchern entdeckt: es gab ein ganz besonderes Kraut, mit dessen ausgepreßtem Saft man nur die Füße einreiben mußte, wollte man über jedwedes Meer wandeln, ohne sich die Füße auch nur naß zu machen. Nur der konnte allerdings an das Kraut gelangen, dem die Schlangenkönigin den Weg zeigte.
Als Bulukia sich in Jerusalems Mauern befand, verrichtete er gerade seine Andacht vor Allah, als Affan an ihn herantrat und ihn als einen wahren Gläubigen begrüßte. Da er sah, wie Bulukia in den Büchern Moses las, wollte er mehr über diesen Mann wissen und fragte ihn nach Namen und Herkunft; darauf lud er ihn zu seinem Hause ein, um ihn zu bewirten. ›Dein Wunsch sei auch mein Wille‹, sagte Bulukia erfreut, und sein Gastgeber verwöhnte ihn, daheim angelangt, mit einem fürstlichen Mahl. Dann mußte er seine ganze Geschichte erzählen, vor allem, wie er zu seinem Wissen über Mohammed gekommen war, wa-

rum er ihn nun suchte und wer ihm den Weg gewiesen habe. Als Bulukia geendet hatte, bat ihn Affan, der sich vor Staunen kaum fassen konnte: ›Bringe mich zur Schlangenkönigin und verhilf mir zu ihrem Vertrauen, dann führe ich dich zu Mohammed, auch wenn die Zeit seiner Sendung noch nicht reif ist. Wir müssen uns nur der Schlangenkönigin bemächtigen; wenn wir sie in einem Käfig zu dem Berg tragen, wo die Kräuter wachsen, wird jede Pflanze, an der wir vorbeikommen, mit menschlicher Stimme reden und uns ihre Kräfte offenbaren, weil Allah es will.‹ Und er erzählte von der besonderen Bewandtnis, die es mit dem Kraut hätte, wie es über die Meere führte, ohne daß die Fußsohlen auch nur ein Tropfen berührte. ›Wenn wir das Zauberpflänzlein gefunden haben, lassen wir die Schlangenkönigin frei und überqueren die sieben Meere, bis wir zum Grab Salomos kommen. Dann streifen wir seinen Ring vom Finger und herrschen wie er und erfüllen uns jeden Wunsch; wir werden das Meer der Finsternis besuchen und vom Wasser des Lebens trinken, auf daß Allah uns bis zum Ende der Zeiten leben läßt und wir endlich Mohammed begegnen, seinem behüteten Propheten.‹
Als Bulukia das hörte, versprach er nur zu gerne, Affan zu der Schlangenkönigin zu bringen, um ihr Vertrauen zu gewinnen, worauf jener einen eisernen Käfig fertigte und zwei Krüge mitnahm, einen voll Wein und den anderen randvoll mit Milch. Dann schifften sie sich ein, und nach langer Meerfahrt ge-

langten sie wohlbehalten zu der Schlangeninsel und gingen von Bord. Affan hatte den Käfig bald aufgestellt, legte darin eine Schlinge und zog sich mit Bulukia in ein Versteck zurück, nicht ohne vorher die beiden Krüge in dem Käfig aufzustellen. Sie mußten nicht lange warten, als auch schon die Schlangenkönigin – also ich selbst – sich dem Käfig näherte, und als sie, das heißt ich, die liebliche Milch roch, ließ sie sich vom Rücken der Trägerin hinab, schlüpfte in den Käfig und trank die Milch bis zur Neige. Den feurigen Wein genoß sie zum Nachtisch, bis ihr der Kopf schwer wurde und sie einschlief. Als Affan das sah, lief er schnell herbei, hob den rasch geschlossenen Käfig auf seinen Kopf und rannte mit Bulukia zum Schiff. Als sie, durch das Laufen unsanft geweckt, die Gitterstäbe um sich und einen Mann unter sich wahrnahm, dann Bulukia neben sich erkannte, klagte sie: ›Das also ist der Dank, wenn man den Menschenkindern kein Leid tut.‹ Da bat er sie, sich nicht zu fürchten: ›Wir wollen dir nichts Böses tun. Wir möchten nur, daß du uns das Kräutlein findest, mit dem man sich die Füße einreibt, um trocken über alle Meere zu wandeln; haben wir das erst gefunden, bringen wir dich hierher zurück, und du kannst frei deines Weges ziehen.‹

Bald gelangten sie zu den Höhen, wo die Kräuter wuchsen; und weil die Königin dabei war, begannen alle Pflanzen am Weg zu sprechen, und jede pries ihre besondere Heilkraft an, wie es Allahs Wille war.

Wie sie so dahingingen, und das Flüstern der Kräuter von allen Seiten vernehmbar war, drang plötzlich eine Stimme besonders deutlich an ihr Ohr: ›Ich bin das Kräutlein, das ihr sucht, und wer mich pflückt, preßt und seine Füße mit meinem Saft einreibt, der wird übers Meer getragen, ohne die Füße zu netzen.‹ Bei diesen Worten setzte Affan den Käfig ab, sammelte reichlich von dem magischen Kraut, zerrieb es gründlich und füllte zwei Fläschchen mit dem kostbaren Saft, damit auch für die Zukunft gesorgt war; mit dem Rest salbten die beiden ihre Füße. Dann nahmen sie den Käfig der Schlangenkönigin wieder auf und ließen sich, von Zauberkraft getragen, Tag und Nacht über die Meere gleiten, bis sie die Schlangeninsel erreichten und die Königin – also mich – endlich aus dem engen Gefängnis ließen. Als ich mich wieder frei bewegen konnte, wollte ich wissen, was sie mit dem magischen Pflanzensaft vorhätten. ›Wir reiben uns die Füße damit ein und wollen über alle sieben Meere hinweg zum Grab unseres Herrn Salomo; wenn unser Plan gelingt, ziehen wir ihm den Ring vom Finger.‹ Auf diesen Moment hatte ich gewartet: ›Ihr seid himmelweit davon entfernt, den Ring jemals zu besitzen, dafür reicht eure Macht niemals aus!‹ Bestürzt wollten sie den Grund erfahren. ›Weil Allah der Allmächtige Salomo den Siegelring gab, um ihn vor allen auszuzeichnen, auf daß Salomos Bitte erfüllt werde: O Herr, gib mir ein Königreich, das niemand nach mir erhalten kann, Du wahrer Königsmacher. Nun versteht ihr vielleicht, warum dieser Ring nie euresgleichen gehören darf.‹ Und ich nahm ihnen den Rest ihrer Illusionen: ›Hättet ihr beiden das Kraut gewählt, das am Leben erhält, bis die Posaune der Endzeit erschallt, wäret ihr eurem Wunsch nun näher; so aber laßt alle Hoffnung fahren!‹ Da machten sie sich voll Reue und mutlos auf ihren Weg. Ich aber sah nach meinen Untertanen, den Schlangen, und fand die Schar in erbärmlichem Zustand, die Stärksten nur noch ein Schatten ihrer selbst, die Schwächeren gestorben. Wie sie mich nun sahen, gab es eine Riesenfreude; alles scharte sich um mich und wollte wissen, was mir zugestoßen war. Nachdem sie alles gehört hatten, rief ich zusammen, was mir an Gefolge geblieben war, und wir machten uns zum Berge Kaf auf, unserem Winterquartier; unsere Sommerresidenz in ihrer unterirdischen Pracht liegt vor dir, lieber Hasib Karim al-Din. Nun kennst du meine ganze Geschichte.«

Staunend hatte Hasib die Erzählung der Königin angehört und bat sie nun: »Ich bitte dich um einen großen Gefallen, laß mich wieder auf die Erde und zu meiner Familie zurückkehren; vielleicht kann eine deiner Wachen mich hinausführen.« Doch die Schlangenkönigin wollte davon nichts wissen, er möge sich bis zum Winter gedulden, bis alle zum Berge Kaf zurückgekehrt seien, und als Trost sollte er die Hügel, Dünen, Bäume und Vögel dort sehen, die zur höheren Ehre des Einen und Allmächtigen beitrügen, ebenso die Dämonen, Monstren und Geister in Scharen, die nur Allah noch zählen konnte. Da sank Hasib der Mut, und er mußte seinen Zorn beherrschen; schließlich fragte er sie nach dem weiteren Schicksal von Affan und Bulukia: »Als sie dich verließen, gelang es da auch, die sieben Meere zu überqueren und Salomos Grab zu finden; und hatten sie Macht genug, den Ring von seinem Finger zu ziehen?« – »Du mußt wissen«, fuhr sie in der Erzählung fort, »daß sie nach dem Einreiben der Füße mit dem Zaubersaft über das Wasser dahingleiten konnten; staunend blickten sie in die Tiefe des Meers mit seinen Wundern, aber sie machten nicht halt, bis sie alle sieben Meere hinter sich hatten und einen Berg erblickten, der steil zum Himmel ragte, aus leuchtendem Smaragdgestein und Moschuserde, aus dem ein klarer Quell hervorsprudelte. Als sie beim Quell standen, waren sie überglücklich, denn sie wußten sich in der Nähe ihres Ziels. Einem Bergpaß folgend, sahen sie von weitem eine Felsenhöhle, die beim Näherkommen eine durchlichtete Wölbung, hoch wie ein Dom, freigab, und als sie drinnen waren, sahen sie in der Tiefe des Raums einen Thron aus purem Gold, von Diamanten übersät und von unzähligen Sitzen umgeben. Auf dem Thron lag unser Herr Salomo aufgebahrt in prächtigen grünseidenen Gewändern, Goldbrokat und Juwelen; seine rechte Hand lag auf der Brust, und am Mittelfinger leuchtete der Siegelring heller als alle anderen Edelsteine in dem Raum.

Gleich fing Affan damit an, Bulukia Beschwörungen und Zauberformeln jeder Art beizubringen, indem er ihm einschärfte, sie ständig zu wiederholen, bis er den Ring genommen hätte. Dann ging er zum Thron; aber kaum war er näher herangetreten, schoß auch schon eine riesige Schlange unter dem Thron hervor und ließ ein so entsetzliches Fauchen und Zischen hören, daß der Felsenraum bebte und Funken aus ihrem Rachen stoben: ›Hinweg, oder du bist des Todes!‹ Doch Affan ließ sich nicht einschüchtern und fuhr fort, Zaubersprüche zu murmeln. Da schlug ein solcher Gluthauch aus dem Schlund der Schlange, daß alles in Flammen aufzugehen schien, und drohend erklang es: ›Wehe dir, Menschlein, wenn du nicht fliehst, verschlinge ich dich!‹ Bulukia hatte genug gehört und rannte, so schnell er konnte, aus der Höhle; er sah aber noch, wie Affan unbeirrt auf den Propheten zuschritt, nach dem Ring griff und versuchte, ihn vom Finger zu ziehen. Da geschah es: die feuerspeiende Schlange hauchte ihn noch einmal an, und er war ein Häufchen Asche. Bulukia fiel bei diesem Anblick ohnmächtig zu Boden.
Da gefiel es Allah, dem Allmächtigen, Gabriel vom Himmel herabzusenden, um Bulukia vor der furchtbaren Schlange zu retten. Der Engel stieß in Windeseile zu dem Ohnmächtigen und der Asche Affans hinab, weckte Bulukia aus seiner tiefen Trance und grüßte ihn; auf die Fragen des Engels erzählte Bulukia seine ganze Geschichte und schloß mit den Wor-

ten: ›Du mußt wissen, daß ich mich nur aus Liebe zu Mohammed hierhergewagt habe, von dem mir Affan versicherte, daß er am Ende der Zeiten seine Mission erfüllen werde; und daß kein Sterblicher bis in die letzten Tage der Welt durchhielte, der nicht vom Wasser des Lebens getrunken hätte, zu dem einzig Salomos Siegelring führen kann. Darum kam ich mit ihm hierher, bis ihn das Feuer ereilte, das mich verschonte; mein sehnlichster Wunsch ist, daß du mir den Weg zu Mohammed zeigst!‹ – ›Ach, Bulukia, gehe fort, denn Mohammeds Zeit liegt noch unendlich weit in der Zukunft‹, verkündete der Engel und war auch schon zum Himmel aufgefahren. Bulukia blieb in seinem Elend zurück, weinte voller Reue und dachte an meine, der Schlangenkönigin, Worte: ›Den Ring zu besitzen geht weit über Menschenkraft.‹ Lange blieb er dort, bis er, noch immer in tiefer Verwirrung, zum Meerufer hinunterstieg und die Nacht am Strand verbrachte, verloren in den überirdischen Anblick der Berge, Inseln und der See um ihn herum. Als der Morgen heraufdämmerte, salbte er sich die Füße mit dem Kraut, ging aufs Wasser hinaus und überquerte die Fluten Tag und Nacht, staunend die Schrecken und Wunder der Tiefe vor Augen, bis er eine Insel fand, die ihm so schön vorkam wie der Garten Eden. Da landete er und stellte beim Umherstreifen fest, daß der Boden der wunderbaren Insel mit Safran bedeckt war, die Kiesel aus rotem Kalzedon und kostbaren Mineralien, die Hecken voller Jasmin, dazwischen die schönsten Bäume und leuchtende duftende Sträucher; das Unterholz war Aloe aus Komorin und Sumatra, das Schilf aus Zuckerrohr, und soweit das Auge reichte, blühten Rosen, Narzissen, Amaranten, Nelken, Kamillen, Lilien und Veilchen, von anderen seltenen Blumen ganz zu schweigen. Dieser geräumige Paradiesgarten war von Vogelgezwitscher erfüllt, Gazellen und wilde Schafe grasten nebeneinander unter hohen Bäumen, frisches Quellwasser sprudelte in der Nähe; es war eine Trauminsel für Verliebte, schöner als die Strophen des Korans. Über all den Wundern der Insel wurde Bulukia bewußt, daß er vom Hinweg in Affans Begleitung weit abgekommen sein mußte. Er wanderte ziellos umher und genoß die reizvollen Perspektiven der Landschaft, bis die Nacht anbrach und er auf einen Baum stieg, um zu schlafen. Müde saß er dort oben, in den Anblick der Insel versunken, als in die ruhige See plötzlich wilde Bewegung kam; ein Meerungeheuer stieg mit einem solchen Schrei aus der Tiefe, daß die ganze Insel erbebte; während Bulukia noch seinen riesigen Leib vom Baum herab anstarrte, folgten in seinem Kielwasser eine Unzahl weiterer Meerungeheuer, die alle in den Vorderpfoten große Juwelen hielten, die Insel und Meer bald taghell erleuchteten. Bald darauf erschienen auch landeinwärts wilde Tiere in großer Zahl, darunter Löwen und Panther, Luchse und andere Raubtiere. Land- und Seegetier traf nun am Strand aufeinander; man vergnügte sich im lebhaften Durcheinander der Tierstimmen bis zum Tagesanbruch, da war der Spuk vorbei. Schaudernd und übernächtigt stieg Bulukia von seinem Baum, rieb schnell die Füße mit dem Kraut und begab sich wieder auf die öde See. Nach rastloser Reise über das zweite Meer kam er nach Tagen zu einem hohen Berg, um den sich ein endloses Wadi hinzog; dort waren die Steine aus Magneteisen, und es gab Löwen, Panther und Wildhasen. Am Fuß des Gebirges landete Bulukia, bis er sich abends, nach langem Herumwandern, im Schutz einer Geländefalte in Ufernähe niederließ, um von den getrockneten Fischen zu essen, die das Meer an den Strand gespült hatte. Wie er sich beim Essen einmal achtlos umwandte, sah er einen mächtigen Panther heranbriechen, der ihn in Stücke reißen wollte. Da hielt ihn nichts mehr, und mit Hilfe des Zaubersafts floh er über die dunkle Wasserfläche des dritten Meers; die Nacht war finster und der Seewind heulte, aber er rastete nicht, bis er erneut zu einer Insel kam, auf der er Bäume mit grünen, aber auch reifen Früchten fand. Mit diesen stärkte er sich, dankte Allah dem Erhabenen und streifte neugierig auf der Insel umher, bis es Abend war und er einschlief.

Kaum war der Morgen heraufgedämmert, als Bulukia auch schon die Insel erkundete und damit zehn Tage verbrachte, dann die vierte See überquerte und nach langer Fahrt zu einer Insel gelangte, auf der nur feiner weißer Sand zu sehen war, aber weder

Bäume noch Gras. Nachdem er auf seinen Streifzügen als einzige Bewohner Sakerfalken entdeckt hatte, die im Sand nisteten, machte er sich wieder auf die Wasserwanderung und durchquerte auch die fünfte See, bis er eine ganz kleine Insel erblickte, deren Erde und Hügel wie Kristall glänzten. Beim Näherkommen sah er Goldadern, und selbst die Bäume trugen goldenleuchtende Blüten. Da ging er an Land, und als es nach einigem Wandern dunkel wurde, begannen die Blumen wie Sterne zu funkeln. Staunend glaubte er bei diesem Anblick, das Geheimnis der Blumen gefunden zu haben, die, von der Sonne verwelkt, abfallen und, vom Wind unter die Felsen getrieben, zum Elixier werden, aus dem die Magier Gold machen. Nach tiefem, erquickendem Schlaf machte er sich, als die Sonne aufging, wieder mit dem Zaubersaft auf Meerfahrt über die sechste See, bis er zu einer fünften Insel kam. Hier fand er nach einer Stunde Wandern zwei Berge mit dichtem Baumbestand; manche Früchte hingen groß wie Menschenköpfe an ihren Haaren herab, andere sahen wie grüne Vögel aus, die an ihren Füßen hingen. Aus einer Art Aloefrucht fielen Tropfen, die auf der Haut wie Feuer brannten, und sogar lachende und weinende Früchte fand er unter den Wundern dieser Insel. Unter einem großen Baum am Ufer verbrachte er die Zeit bis zum Abend, erkletterte dann einen Ast, um zu schlafen und verlor sich im Halbschlaf in Gedanken an Allahs Wunderwelt, als die See aufschäumte und ihre Töchter, die Meerjungfrauen, auftauchten; jede hielt einen Juwel in der Hand, der wie der junge Morgen glänzte. Bald waren sie am Ufer, tanzten, lachten und vergnügten sich unter dem Baum Bulukias, der sich erstaunt die Augen rieb über ihre Spiele, bis der Morgen graute und alles im Meer verschwand. Da stieg er herab, salbte die Füße und trat die Fahrt über das siebte Meer an; volle zwei Monate war er unterwegs, ohne auch nur das winzigste Stückchen Land zu sehen, von Inseln und Bergen ganz zu schweigen. Quälender Hunger trieb ihn soweit, die zur Meeroberfläche auftauchenden Fische zu packen und roh zu verschlingen. Endlich kam er eines Morgens an das Ufer der sechsten Insel, voll blühender Bäume und frischer Quellen. Als er nach allen Seiten Umschau gehalten hatte, entdeckte er einen Apfelbaum und hatte schon die Hand nach einem Apfel ausgestreckt, als eine Stimme von dem Baum herabdrohte: ›Wage es und reiße einen Apfel ab, und ich reiße dich in zwei Teile!‹ Da sah Bulukia über sich im Baum einen Riesen von vierzig Ellen Länge, er bekam es mit der Angst zu tun und wich eilends von dem Baum zurück. Aber er traute sich doch zu fragen, warum es verboten war, von dem Baum zu essen. Der Riese gab verächtlich zurück: ›Weil du ein Sohn Adams bist, dessen Vater den Bund mit Allah vergaß und in seiner Sünde von dem Baum aß!‹ Bulukia wollte nun alles über den Riesen wissen, und wem die Insel gehörte. ›Mein Name Schah-

raja ist vom Höchsten, und die Insel, die ich bewache, gehört dem König Sachr, dessen Land ich für ihn verwalte.‹ Auch der Riese wollte wissen, wer Bulukia war, und als er die ganze Geschichte gehört hatte, meinte Schahraja, ›du brauchst keine Angst zu haben‹, und gab ihm reichlich zu essen. Dann verabschiedete sich Bulukia von dem Riesen und machte sich auf eine weite Wanderung landeinwärts, über Berge und Wüstensand, bis er eine Staubwolke vor sich sah, die wie ein gewaltiges Zelttuch über ihm hing; ein Brausen und Tosen, Schreien und Schlagen erschallte aus der Wolke, als er näherkam. Da öffnete sich der Blick auf ein schier endloses Wüstental, vielleicht zwei Monatsreisen lang; in der Richtung des Geschreis sah er eine große Reiterschar, die aufeinander einschlugen und -hieben, bis das herabströmende Blut wie Wasser dahinfloß. Die Stimmen dröhnten, und alles schlug mit Donnerhall aufeinander ein, Lanze und Schwert, Pfeil und Bogen und eiserne Keulen mit schrecklicher Wucht.
Verstört und voller Furcht blieb Bulukia wie angewurzelt stehen, als sie ihn auch schon wahrgenommen hatten und sich mit Zeichen beschworen, den Kampf einzustellen; eine Schar kam auf ihn zugeritten, und man staunte ihn an, bis einer der Reiter ihn nach seinem Woher und Wohin fragte: ›Und wer hat dir den Weg zu unserem Land gewiesen?‹ Bulukia erklärte ihm, daß er ein menschliches Wesen sei, aus Liebe zu Mohammed hierhergelangt, aber den Weg

verloren habe. Da sagte der Reiter verwundert: ›Wir haben noch nie einen Menschen gesehen und auch niemals davon gehört, daß einer sich in unser Land verirrt hätte!‹ Und alles staunte Bulukia an, der nun wissen wollte, was für Geschöpfe er vor sich hatte, warum sie so kämpften, wo ihre Heimat sei, und wie dies Wadi hieße: ›Wir sind Geister und kommen aus dem Weißen Land; jedes Jahr befiehlt uns Allah, hierher zu reiten und gegen die ungläubigen Geister Krieg zu führen.‹ – ›Wo aber ist das Weiße Land?‹ fragte Bulukia, worauf der Reiter ins Weite deutete: ›Hinter dem Berg Kaf, eine Reise von fünfundsiebzig Jahren von hier, liegt unser Land Schaddad ibn Ad. Hierher kommen wir nur wegen des heiligen Kriegs; aber sonst leben wir ganz dem Lobpreis Gottes. Unser großer König heißt Sachr, und du mußt mit uns zu ihm reiten, damit er sich an deinem Anblick ergötzen kann.‹ Dann zogen sie mit ihm davon in ihr Zeltlager, wahre Prunkzelte aus grüner Seide, soweit das Auge reichte, und in der Mitte ein Königszelt aus rotem Satin, an die tausend Ellen im Umkreis; die Stricke waren aus blauer Seide gedreht und die Pflöcke aus Gold und Silber. Staunend folgte Bulukia der Reiterschar zum Königszelt. Man geleitete ihn vor den König Sachr, der auf einem rotgold glänzenden Thron saß; unzählige Perlen und Juwelen leuchteten daraus hervor. Zur Rechten aufgereiht sah er die Geisterkönige und -fürsten, zur Linken die Ratsmitglieder, Emire und hohen Beamten. Als der König das Menschenwesen erblickte, ließ er es zu sich führen, Bulukia küßte ehrfürchtig den Boden zu seinen Füßen, ein Stuhl wurde für ihn herangezogen, und das Vorstellungszeremoniell begann; er mußte alle seine Abenteuer erzählen, worüber der König sich aufs Höchste verwundert zeigte.

Nun war es Zeit, an ein festliches Essen zu denken, und König Sachr ließ die Diener 1500 Gedecke auf die rasch herbeigebrachten Tische stellen, Schüsseln aus rotem Gold, Silber und Kupfer, in denen zwischen zwanzig und fünfzig gesottene Kamele und bis zu fünfzig Schafe vor dem staunenden Bulukia aufgetragen wurden. Nun aßen sie und luden auch ihn ein, kräftig zuzulangen, bis er mehr als satt war und Allah dankte; da wurden noch Früchte aufgetragen, und alle lobten das Mahl und seinen Geber, Gott und seinen Propheten Mohammed. Als Bulukia den Namen Mohammeds aus ihrem Munde vernahm, bat er König Sachr, ihm mehr über sein Volk und ihre Liebe zum Propheten zu erzählen. Der König klärte ihn auf: ›Du mußt wissen, mein lieber Bulukia, daß Allah zu Beginn der Welt das Feuer in sieben Stufen schuf, eine über der anderen, und jede Schicht eine Reise von tausend Jahren von der andern entfernt. Die erste Schicht nannte er Jahannam und bestimmte sie für die Sünder unter den Gläubigen, die ohne Reue sterben. Die zweite Hölle, Laza, ist für die Ungläubigen, die dritte, Jakim, war für Gog und Magog bestimmt. Die vierte, Sair, ist für die Scharen des Teu-

fels, die fünfte, Sakar, gilt den im Gebet Nachlassenden, die sechste nannte Allah Hatamah und bereitete sie Juden wie Christen, die siebte Stufe, Hawiyah, nimmt die Heuchler auf. Nun kennst du die sieben Feuer.‹ Bulukia kam zu dem Schluß, daß Jahannam als die äußerste Schicht noch am erträglichsten sein müsse. ›Ja‹, meinte König Sachr, ›aber weißt du auch, daß auch dort schon tausend Feuerberge sind und jeder Berg siebzigtausend Städte aus Feuer enthält, in jeder Stadt siebzigtausend Burgen in Flammen, in jeder Burg siebzigtausend Wohnungen aus Feuer, mit wieder siebzigtausend Lagern, deren Feuer siebzigtausend Qualen enthalten; von der Unzahl weiterer Qualen in den anderen Höllen ganz zu schweigen, die nur Allah der Höchste kennt.‹
Bei diesen Worten des Königs wurde es Bulukia schwarz vor Augen, und später, wieder zu sich gekommen, weinte er und verzagte: ›Ach, König, wie wird es mir ergehen?‹ Sachr beruhigte ihn: ›Du brauchst keine Angst zu haben, denn wer Mohammed liebt und an ihn glaubt, dem kann kein Feuer etwas anhaben. Uns Geister aber hat Allah aus dem Feuer erschaffen; denn das erste, was Allah in Jahannam schuf, waren Kalit und Malit, zwei mächtige Führer seiner Heerscharen; Kalit machte er löwengleich, mit einem Schweif in der Farbe der männlichen Schildkröte und einer Länge von zwanzig Jahren Reise. Malit sah aus wie ein scheckiger Wolf, mit einem Schwanz ähnlicher, weiblicher Färbung.

Dann befahl Allah beiden Schweifen, sich zu paaren, und es wurden Schlangen und Skorpione daraus, die im Feuer wohnten und sich mehrten, denen zur Strafe, die der Höchste dorthin schickt. Als Allah den Schweifen von Kalit und Malit noch einmal befahl, sich zu paaren, kamen vierzehn Kinder zur Welt, sieben Brüder und Schwestern, die sich wieder paarten, als sie erwachsen waren. Alle gehorchten ihrem Schöpfer, bis auf einen, den Teufel Iblis, der in einen Wurm verwandelt wurde. Ursprünglich war Iblis aber einer der Cherubime gewesen, der Allah so treu gedient hatte, daß der gütige Herrscher ihn zum Himmel erhob und Herr über die Erzengel machte. Als dann Adam geschaffen wurde, sollte sich Iblis ihm unterwerfen und weigerte sich. Da erst vertrieb der Herr ihn aus dem Himmel und verfluchte ihn; und aus der Brut des Iblis entstanden die Teufel. Die sechs anderen Kinder, seine älteren Brüder, sind die Ahnen der gläubigen Geister, von denen wir abstammen. Nun weißt du alles über unseren Ursprung.‹

Über diesem Bild der Unterwelt kam Bulukia lange nicht aus dem Staunen heraus; aber schließlich bat er: ›O König, ich bitte dich sehr darum, laß eine deiner Wachen mich in meine Heimat zurückbringen.‹

›Das dürfen wir nur auf Befehl Allahs des Allmächtigen‹, entgegnete Sachr, ›aber da du uns nun einmal verlassen willst und nach Hause möchtest, lasse ich dich auf eine meiner schnellen Stuten aufsitzen, mit ihr kommst du an die fernsten Grenzen meines

Reichs, wo du auf die Truppen eines anderen Königs, des großen Barachia, treffen wirst, die meine Stute sicher erkennen und ohne dich zu uns zurücksenden werden; mehr allerdings kann ich für dich nicht tun.‹ Da konnte Bulukia über die Ungewißheit seiner Lage und die Güte des Königs die Tränen nicht zurückhalten und nahm dessen Angebot an. König Sachr ließ die Stute bringen und Bulukia hinaufhelfen, mahnte aber zur Vorsicht mit dem Zauberpferd: ›Achte darauf, ja nicht von ihm abzusteigen, das Pferd zu schlagen oder gar anzuschreien, sonst bist du des Todes; sondern laß die Stute dich tragen, wohin sie will, und wenn sie dann hält, steig ab und geh' deines Wegs.‹ Bulukia versprach, sich in allem an den Rat des Königs zu halten, als es auch schon losging, die langen Zeltreihen entlang; als die Stute unruhig an den königlichen Fleischtöpfen vorbeitrabte, mit fünfzig Kamelen in jedem Kessel über dem prasselnden Feuer, nahm Sachr die staunenden Blicke seines Gastes zum Anlaß, dem scheinbar noch immer Hungrigen zwei geröstete Kamele auf die Kruppe der Stute bürden zu lassen, dann kam endgültig der Abschied. Und in Windeseile ging es Tag und Nacht dahin, bis zur äußersten Grenze des Reichs von Sachr, wo das Pferd wie von Zauberhand gerührt stehen blieb, Bulukia absteigen ließ und er den Staub aus seinen Reisekleidern schüttelte.

Es dauerte nicht lange, da kamen Leute herbei, die die Stute erkannten und mit Bulukia vor den König

Barachia führten. Nachdem der König den respektvollen Gruß des Reisenden erwidert hatte und ihn neben sich in einem wunderschönen Lustgemach inmitten seiner Gefolgsleute, Vornehmen und Geisterfürsten niedersitzen ließ, wurde Essen aufgetragen und das Dankgebet nach reichlichem Mahl gesprochen. König Barachia fragte nach dem Früchte-Nachtisch seinen Gast, wann er König Sachr, der ihm im Hofstaat und in vielem ähnlich war, verlassen habe; Bulukia hielt es für zwei Tagesreisen. ›Weißt du, wie viele Tagereisen du wirklich in dieser Zeit bewältigt hast? Es war eine Strecke von siebzig Monaten‹, erklärte er dem erstaunten Ankömmling, ›und die Stute hatte noch dazu eine große Scheu vor dir, als sie das Menschenwesen spürte; sie hätte dich glatt abgeworfen, wenn man ihr nicht die zwei Kamele als Gewicht aufgebunden hätte.‹ Erleichtert dankte Bulukia Allah dem Erhabenen für diese wunderbare Fügung des Schicksals. Nun mußte der Gast von seinen Abenteuern und dem Grund seiner Reise berichten, und der tief beeindruckte König behielt ihn noch zwei volle Monate bei sich.«

Nach dieser Wendung der Erzählung bat Hasib Karim, der aus dem Staunen nicht herausgekommen war, die Schlangenkönigin aufs Neue um die Rückkehr in seine Heimat in Begleitung einer ihrer Untertanen; aber sie teilte ihm traurig mit, das erste, was er dann täte, wäre, nach dem Wiedersehen mit seiner Familie, der Gang zum Hammam, um zu baden: »Das

aber wird der Augenblick sein, der mir zum Ende bestimmt ist.« Da schwor Hasib, nie mehr in seinem Leben ins Bad zu gehen, und wenn es denn sein müsse, zu Hause zu baden. Doch die Königin wollte ihm nicht trauen, und wenn er hundert Eide schwüre: »Denn solche Enthaltsamkeit ist schwer durchzuhalten, und außerdem bist du ein Sohn Adams, dem kein Eid heilig gilt. Dein Vater Adam hat mit Allah dem Höchsten einen Bund geschlossen, der doch vierzig Tage den Lehm geknetet hat, aus dem er ihn schuf und seinen Engeln befahl, sich Adam unterzuordnen. Doch Adam brach den Eid und mißachtete die Gebote seines Herrn.« Als Hasib diese hoffnungslose Botschaft vernahm, schwieg er und brach in Tränen aus und hörte zehn Tage lang nicht auf zu weinen. Dann trocknete er seine Tränen und bat, Bulukias Abenteuer zu Ende zu hören, worauf die Königin gerne weitererzählte:
»Nachdem Bulukia zwei Monate bei König Barachia geblieben war, nahm er Abschied und machte sich weiter in die Wüste auf; er wanderte Tag und Nacht durch das öde Land bis zu einem hohen Berg, den er erstieg. Auf dem Gipfel sah er einen gewaltigen Engel sitzen und den Namen Gottes und Mohammeds preisen. Vor ihm lag eine Tafel mit schwarzen und weißen Schriftzeichen, auf die er starr die Augen richtete, und seine weit ausgebreiteten Flügel wiesen nach Osten und Westen. Bulukia näherte sich mit ehrfürchtigem Gruß, den der Engel erwiderte, bevor er

ihn nach Woher und Wohin fragte, und nun erzählte er dem Cherub alles. Dann wollte er seinerseits wissen, was auf der Tafel geschrieben stand und warum der Engel hier war. ›Ich heiße Michael und sorge für den Wechsel von Tag und Nacht bis zum jüngsten Tag.‹ Bulukia war tief beeindruckt von der Würde der majestätischen Gestalt des Engels, an den er beim Weiterwandern noch lange dachte; viele Tage war er gereist, bis er zu einer Weide kam und unter reichem Baumbestand sieben Flüsse entdeckte, die das Land durchzogen. Die Schönheit der weiten Flur gefiel ihm sehr, und er streifte umher, bis er in einem zurückliegenden Teil der Weide einen besonders großen Baum fand, unter dem vier Engel saßen. Im Näherkommen unterschied er eine menschliche Gestalt, einen, der einem wilden Löwen glich, den dritten einem Vogel ähnlich, und den vierten wie einen Stier, alle im Lobpreis Allahs vereint mit den Worten: ›Mein Gott, mein Herr und Gebieter, wir beschwören Dich bei Deiner Wahrheit und Deinem Propheten Mohammed, gib Deine Barmherzigkeit und Vergebung denen, die nach unserem Bilde geschaffen sind; denn Dein ist die Macht und die Herrlichkeit!‹ Staunend setzte Bulukia seine Wanderung fort bis zu einem anderen Berg, auf dessen Gipfel er einen riesigen Engel sitzend fand, der während seiner Anbetung Allahs und Mohammeds unaufhörlich seine Hände regte, öffnete und zur Faust schloß und die Finger bog und streckte. Der Reisende und der Engel begrüßten sich, und Bulukia erzählte von seiner weiten Irrfahrt, auf der er gänzlich den Weg verloren habe; auch wollte er wissen, was der Engel tat und wie der Berg hieße. ›Dies, Bulukia, ist der Berg Kaf, der die Welt umschließt, und alle Länder, die der Herr schuf, liegen mir zu Füßen. Immer wenn der Allmächtige ein Land mit Erdbeben oder Hungersnot oder Krieg heimsuchen will, aber auch mit reicher Ernte und Fruchtbarkeit, läßt er mich die Befehle ausführen, ohne daß ich mich von der Stelle rühre; denn meine Hände halten die Wurzeln der Welt.‹ – ›Hat Allah auch andere Welten außer jener geschaffen, die der Berg Kaf umschließt?‹ – ›Ja, es gibt noch ein lichtes Land, weiß wie Silber und unendlich groß, das Engel bewohnen, deren einzige Speise die Rechtfertigung des Herrn ist, dessen Gnade und Mohammeds Segen sie erflehen. Jeden Donnerstag kommen sie nachts zu diesem Gebirge und beten gemeinsam zu Allah bis zum Morgen; der Lohn ihrer glühenden Glaubensstärke kommt jenen zugute, die trotz ihres Bekenntnisses zu Mohammed die Gebote übertreten, und allen, die sich bußfertig am Freitag reinigen; so geschieht es bis zum jüngsten Tag.‹ Bulukia wollte nun erfahren, ob es hinter dem Kaf-Gebirge noch andere Berge gebe. ›Ja, hinter diesem Gebirge gibt es eine Bergkette in ewigem Schnee und Eis, fünfhundert Jahresreisen lang, die einzig dazu dient, die höllische Glut Jahannams von der Erde abzuschirmen, sonst müßte die Welt darin vergehen.

Auch gibt es noch vierzig weitere Welten hinter dem Kaf-Gebirge, jede einzelne über vierzigmal so groß wie diese Welt, manche aus Gold, andere aus Silber oder Karneol, und jede hat ihre Eigenheiten, bevölkert mit Engeln, die weder von Adam und Eva noch von Tag und Nacht etwas wissen, ihr einziger Inhalt ist das Lob Gottes, die Verkündigung der Größe Allahs an die Gemeinde Mohammeds. Du sollst auch wissen, daß die Welt in sieben Schichten entstand, eine über der anderen, getragen auf den Schultern eines Engels, dessen Gestalt und Kraft nur der Allgewaltige kennt. Der Engel steht auf einem riesigen Felsen, getragen von einem Stier, unter dem sich ein ungeheurer Fisch im Ur-Ozean bewegt. Einmal hat Gott Jesus von diesem Fisch erzählt, und Jesus – mit dem des Höchsten Friede sei – wollte den Fisch sehen. Da ließ der Herr einen Engel kommen, der Jesus zum Meer brachte, in dem der Fisch hauste, und der Engel sprach: ›Sieh dort den Fisch, Jesus.‹ Aber Jesus konnte zuerst nichts wahrnehmen, bis dann plötzlich das Meerungeheuer wie der Blitz an ihm vorüberschoß und Jesus ohnmächtig zu Boden fiel. Als er wieder zu sich kam, sprach Gott zu ihm in einer Eingebung: ›Hast du, mein Sohn, den Fisch gesehen und seine wahre Länge und Breite erkannt?‹ – ›O Herr, bei Deiner Macht und Herrlichkeit gestehe ich, daß es kein Fisch schien, sondern ein so großer Stier, daß ich ihn für drei Tagesreisen lang hielt, als er an mir vorüberschoß.‹ Da gab ihm Gott zu verste-

hen, daß jenes Ungeheuer, das da drei Tage zu brauchen schien, um an Jesus vorbeizuschwimmen, nur der Kopf jenes Fisches war, und daß der Herr in seiner Größe jeden Tag vierzig solcher Fische schuf.
Nun wollte Bulukia auch noch das letzte Geheimnis wissen und fragte nach dem Urgrund des Ozeans, in dem jener Fisch schwamm. ›Unter dem Ozean schuf der Herr einen gähnenden Abgrund aus Luft, unter dem Luftraum Feuer, und unter dem Feuer einen Urwurm von einer Schlange mit dem Namen Falak; wenn dieses Urtier nicht den höchsten Gott fürchten müßte, es würde sicher alles verschlingen, was über ihm ist, Luft, Feuer und den Engel mit seiner Weltenbürde, und würde davon noch nicht einmal etwas merken. Als Allah diesen Urwurm geschaffen hatte, sprach er zu ihm in einer Eingebung: ›Ich will dir etwas geben, das du für mich bewahren sollst; öffne deinen Rachen!‹ Der Wurm gehorchte und Gott versenkte rasch die Hölle in seinen offenen Schlund mit den Worten: ›Bewahre dies bis zum jüngsten Tag! Wenn der dann anbricht, werde ich meine Engel mit Ketten senden und die Hölle solange festbinden, bis alle Menschen versammelt sind; dann wird der Herr die Höllentore öffnen lassen, und Funken werden hervorsprühen, die größer als Berge sind.‹
Da hatte Bulukia genug gehört, weinte und verzagte fast bei dem Gedanken an das Ende der Menschheit; dann nahm er Abschied von dem gewaltigen Engel und wanderte nach Westen weiter, bis er zwei Ge-

schöpfe fand, die vor einem großen verschlossenen Tor wachten. Als er näherkam, nahm das eine Wesen die Gestalt eines Löwen an, das andere war ein Stier; und als er ehrfürchtig grüßte, erwiderten sie den Gruß und fragten nach seinem Begehr. Der lange Umhergeirrte gab sich als Mensch zu erkennen, sprach auch von seiner Suche nach Mohammed, als sie ihm von ihrem Wächteramt vor diesem Tor im Namen Allahs und Mohammeds erzählten. ›Was ist hinter dem Tor‹, rührte Bulukia die Neugier. ›Wir wissen es nicht.‹ – ›So öffnet mir, ich beschwöre euch bei eurem Herrn, damit ich hineinschauen kann.‹ Sie mußten ihm die Bitte verweigern, da niemand außer Gabriel, dem treuen Engel, gestattet wäre, dies Tor zu öffnen. Bulukia faßte sich ein Herz und flehte Allah an, ihm seinen Erzengel herabzusenden, so sehr begehrte er, das Geheimnis des Tors zu erfahren. Und Allah erhörte sein Gebet und befahl seinem Engel, zur Erde zu fliegen, um das Tor zu öffnen, an dem die zwei Weltmeere zusammenfließen. Der Engel rauschte herab und ließ Bulukia eintreten, nachdem er das Tor geöffnet hatte. Dann verschloß er es wieder und flog zum Himmel zurück. Da sah der Reisende einen unendlich weiten Ozean, halb aus frischem, halb aus salzigem Wasser, und an den fernen Ufern aus rot leuchtenden Rubin-Bergen saßen Engel, die das Lob des Herrn sangen. Er wagte es, sich zu nähern und sie nach Meer und Bergen zu fragen, bis er erfuhr, daß er unter dem Himmelszentrum stand und der

Ozean darunter die Weltenmeere speiste: ›Wir Engel sorgen für das richtige Zusammenfließen und verteilen das Wasser auf die Länder, das Süße zu den Flüssen und Seen, das Salzige in die Meere, bis zum Ende der Welt. Die Berge hindern das Wasser am Überfließen. Und du, woher und wohin geht deine Reise?‹ Bulukia erzählte alles und fragte nach dem Weg. Sie hießen ihn den Ozean, der vor ihm lag, durchqueren; da salbte er die Füße mit dem Zaubersaft des Kräutleins, den er noch mit sich führte, nahm Abschied von den Engeln und fuhr wieder Tag und Nacht über das Meer dahin.

Einmal war es ihm, als sähe er einen unwirklich schönen Jüngling, der wie er über das Wasser reiste, und sie grüßten einander im spiegelnden Meer. Dann sah er vier riesige Engel über das Meer daherziehen wie blendende Blitze, denen stellte er sich in den Weg und fragte sie nach ihren Namen: ›Wir heißen Gabriel, Israphel, Michael und Asrael. Im Osten ist ein mächtiger Drachen erschienen, der tausend Städte zerstört und ihre Bewohner verschlungen hat; da befahl uns Allah hinzuziehen, den Drachen zu ergreifen und in die Hölle zu werfen.‹ Voll Furcht und Staunen setzte Bulukia seinen Weg fort und glitt unermüdlich über das Wasser, bis er zu einer Insel kam; dort gönnte er sich eine Rast und begann umherzuwandern.

Nach einer Weile sah er einen strahlend schönen Jüngling, der seiner Meeresvision glich, zwischen zwei Grabhügeln sitzen und weinen. Sie grüßten einander und Bulukia fragte ihn, was dies alles zu bedeuten hätte. Aber der Jüngling schien durch seine Frage nur noch tiefer an seinen Schmerz erinnert, seine Kleider waren von Tränen ganz durchtränkt, bis er sich endlich faßte: ›Ach, mein Bruder, meine Geschichte ist seltsam und voller Abenteuer. Doch mußt du mir vorher auch von deiner Irrfahrt berichten, die dich bis hierher verschlug.‹ So kam es, daß Bulukia sich zu ihm setzte und, weit ausholend, alles seit dem Tod des Vaters berichtete, bis er in der ungewissen Gegenwart anlangte. Der Jüngling reagierte voller Mitgefühl: ›Du armer Unglücklicher! Wie wenig du aber trotz allem mitgemacht hast, wirst du erkennen, wenn du erst meine Geschichte hörst. Was habe ich alles erlebt! Sogar unseren Herrn Salomo habe ich noch lebend angetroffen und Dinge gesehen, die sich kaum beschreiben lassen. Darum möchte ich, daß du bei mir bleibst, bis ich dir all das Wunderbare erzählt habe, und wie es kommt, daß ich jetzt zwischen den Grabhügeln sitze.‹«

Als Hasib merkte, daß die Erzählung eine ganz neue Wendung nahm, unterbrach er die Schlangenkönigin und bat flehentlich, ihn mit einer Botin zur Erdoberfläche zurückkehren zu lassen, nicht ohne den Schwur, niemals wieder ein Bad zu betreten. Doch die Königin Yamleika wollte ihm immer noch nicht glauben, worauf er zu weinen begann und alle Schlangen mit ihm; sie baten sogar für ihn und flehten die Königin um Mitleid an. Da endlich ließ sich

Yamleika erweichen, ließ auch Hasib einen heiligen Eid schwören, und rief eine Schlange herbei, die ihn zur Erde zurückbringen sollte. Als schon alles zum Aufbruch bereit war, tat Hasib die Königin leid, und er bat sie zu aller Überraschung: »Liebe Yamleika, erzähl mir zuvor aber noch die Geschichte des Jünglings zwischen den Grabhügeln.« Dies ließ sich die erleichterte Königin nicht zweimal sagen; und sie begann ohne Umschweife, seine seltsame Geschichte zu berichten.

DIE GESCHICHTE VON JANSCHAH

»›Laß dir erzählen, lieber Bruder, wer mein Vater war: er hieß Tigmus und war ein König. Er herrschte über das Land Kabul und den Stamm der Schahlan, zehntausend kriegerische Fürsten, von denen jeder über hundert befestigte Städte und hundert Burgen gebot. Auch hatte er die Macht über sieben Sultane, und von überall her in Ost und West wurden ihm Abgaben entrichtet. Er regierte gerecht und unbestechlich, und Allah der Allmächtige, der ihm solch ein Riesenreich zugeteilt hatte, hatte ihm nur eines nicht vergönnt, obwohl dies sein sehnlichster Wunsch war: einen Sohn, der nach seinem Tode das Königreich erben sollte. Deshalb ließ er eines Tages die Koran- und Sterndeuter, die Mathematiker und die Kalenderberechner kommen und bat sie um ein Horoskop, das ihm zeigen sollte, ob Allah ihm noch einen Sohn gewähren würde. Nachdem sie ihre Bücher befragt und sein Sternzeichen mit seinen verschiedenen Aspekten berechnet hatten, verkündeten sie ihm: ›Großer König, dir wird ein Sohn beschert werden, doch seine Mutter wird keine andere als die Tochter des Königs von Korasan sein.‹ Als Tigmus dies hörte, war seine Freude übergroß, und er entließ die Astrologen und Weisen, nicht ohne ihnen zuvor reichliche Schätze mit auf den Weg gegeben zu haben. Da sein Großwesir Ain Zar ein berühmter Krieger war, der es mit tausend Kämpfern zugleich aufnehmen konnte, rief er ihn zu sich, berichtete ihm, was die Astrologen ihm geweissagt hatten und gab ihm den Auftrag, eine Reise nach Korasan zu unternehmen, mit dem Ziel, die Hand der Tochter des Königs Bahrawan für seinen König Tigmus zu erhalten. Auf diesen Befehl hin brach der Wesir sofort auf und lagerte mit seinem Troß vor der Stadt. Unterdessen bereitete König Tigmus seine Gastgeschenke vor: fünfzehnhundert Ladungen Seide und Edelsteine, Perlen, Rubine und andere Juwelen, außerdem Gold, Silber und Geschenke für die Braut im Überfluß. All dies ließ er auf Kamele laden und, zusammen mit der folgenden Botschaft, durch Ain Zar zustellen: ›Möge Allah dich segnen, König Bahrawan. Du sollst wissen, daß die Astrologen, die Weisen und die Mathematiker mir einen Sohn als Nachfolger prophezeit haben, dessen Mutter niemand anderer sein soll als deine Tochter.

Deshalb sende ich dir meinen Wesir Ain Zar, damit er in meinem Namen den Ehekontrakt unterschreiben soll. Bitte tue ihm hierin seinen Willen, denn sein Wille ist der meine, und alles, was du für ihn tust, tust du für mich. Aber hüte dich, meinem Wunsch zuwiderzuhandeln, König Bahrawan, denn Allah hat mir das Königreich Kabul übertragen, mir die Herrschaft über den Stamm Schahlan und ein mächtiges Reich verliehen, und wenn ich deine Tochter heirate, werden wir beide, ich und du, eins sein in der Herrschaft, und ich werde dir jedes Jahr soviel Schätze schicken, wie du nur wünschst.‹ Dann versiegelte König Tigmus den Brief mit seinem Ring und übergab ihn dem Wesir, der daraufhin mit großem Gefolge loszog, bis er schließlich in der Nähe der Hauptstadt von Korasan anlangte.
Als König Bahrawan von seiner Ankunft hörte, schickte er ihm seine Emire zum Empfang entgegen, die auch Speisen, Getränke und andere Gastgeschenke, sogar Futter für das Vieh, mitbringen sollten. Als sie vor der Stadt auf das Gefolge des Wesirs stießen, erfolgte die feierliche Begrüßung, worauf sie sich alle miteinander dort draußen zehn Tage lang festlich ergingen. Dann ritten sie in die Stadt zu König Bahrawan, der den Wesir des König Tigmus herzlich begrüßte und ihn auf seine Burg führte. Dort präsentierte Ain Zar seine Geschenke und den Brief des Königs Tigmus. Als König Bahrawan den Inhalt des Briefes ganz in sich aufgenommen hatte, war seine

Freude übergroß, und er hieß den Wesir noch einmal herzlich willkommen: ›Freue dich, denn dein Wunsch sei dir gern erfüllt. Selbst wenn dein König mein Leben von mir forderte, würde ich ihm gewiß selbst dies nicht verweigern.‹ Dann setzte er seine Tochter, ihre Mutter und seine ganze Verwandtschaft in Kenntnis von der Bitte des Königs von Kabul und beriet sich mit ihnen. Sie waren mit allem einverstanden und baten ihn, das zu tun, was er für richtig hielte. Daraufhin eilte er zu Ain Zar, um ihm zu melden, daß auch seine Familie nichts gegen die Heiratspläne einzuwenden hätte. Nach einem weiteren Aufenthalt von zwei Monaten bat der Wesir den König schließlich, ihn in seine Heimat zu entlassen, was ihm dieser gern gewährte. Da traf König Bahrawan fürstliche Hochzeitsvorbereitungen, versammelte die Wesire, Emire und die Großen seines Reiches um sich und ließ stellvertretend für seine Tochter und König Tigmus die Mönche und Priester seines Landes den Ehebund schließen. Aus diesem Anlaß ließ er auch die Stadt wunderschön schmücken und die Straßen mit Teppichen auslegen. Dann bereitete er für seine Tochter die Reise vor und stattete sie mit unbeschreiblich wertvollen Geschenken, Kostbarkeiten und Gold und Silber aus, bevor Ain Zar mit der Prinzessin in sein Land aufbrach.

Bei der Nachricht von ihrer Ankunft ließ auch König Tigmus die Hochzeitsvorbereitungen treffen und die Stadt festlich schmücken. Dann betrat er die Gemächer der Prinzessin und nahm sie zur Frau. Nach neun Monaten gebahr sie ihm einen wunderschönen Sohn. Als König Tigmus die gute Nachricht hörte, war seine Freude überschwenglich, und er ließ gleich seine Weisen, Sterndeuter und Mathematiker rufen, damit sie dem Neugeborenen ein Horoskop mit seinem Aszendenten und all seinen Aspekten erstellten. Nach ihren Berechnungen erwiesen sich seine Sterne als sehr günstig. Nur in seinem fünfzehnten Lebensjahr sollten ihm Gefahren und Mühsal drohen – wenn er die heil überstünde, könnte er jedoch ein glückliches und erfolgreiches Leben führen und ein größerer und mächtigerer König als sein Vater werden. Der König war über diese Weissagung hocherfreut und nannte den Knaben Janschah. Bis zu seinem fünften Lebensjahr befand er sich bei den königlichen Ammen in hingebungsvoller Pflege. Danach nahm sich sein Vater selbst seiner Erziehung an: er lehrte ihn das Evangelium lesen und unterrichtete ihn im Kriegshandwerk, in der Handhabung der Lanze und des Schwertes, bis er in weniger als sieben Jahren perfekt in Jagd, Hatz und allen Rittertugenden war, was seinen Vater in helles Entzücken versetzte.

Eines Tages ritten König Tigmus und sein Sohn mit ihren Gefolgsleuten zum Jagen in die einsamen Wälder aus. Am Nachmittag des dritten Tages störte der Prinz eine Gazelle von seltener Färbung auf. Als sie flüchtete, jagte er ihr nach, hinter ihm sieben Mameluken des Königs Tigmus. Bis zur Küste konnten sie ihr folgen, doch als sie schon fast soweit waren, sie einzufangen, entschlüpfte sie ihnen und schwamm zu einem Fischerboot, das in der Nähe der Küste lag. Janschah und seine Begleiter sprangen von ihren Pferden, schwammen zu dem Boot und zogen sich an Bord, von wo aus die Gazelle ihnen nicht mehr entkommen konnte. Gerade als sie mit ihrer Beute schon zur Küste zurückkehren wollten, erspähte Janschah in der Ferne eine große Insel, die er gerne noch besichtigen wollte. Seine Leute gehorchten seinem Befehl und segelten ihn zu der Insel, die sie dann alle mit großem Entdeckerdrang erkundeten. Als sie schließlich mit der Gazelle an Bord wieder heimwärts segelten, überraschte sie die Abenddämmerung, so daß sie vom Kurs abkamen. Verschlimmert wurde ihre Lage noch durch einen starken Wind, der sie aufs offene Meer hinaustrieb. Als sie am Morgen erwachten, fanden sie sich fern jeder Zivilisation.

König Tigmus, der inzwischen die Abwesenheit seines Sohnes entdeckt hatte, schickte sofort seine Truppen aus und ließ sie in getrennten Abteilungen nach ihm suchen. So kam endlich auch eine Gruppe bis zu der Stelle an der Küste, an der die Abenteurer einen Mameluken zurückgelassen hatten, der auf die Pferde aufpassen sollte. Er berichtete ihnen, was mit seinem Herrn und den sechs anderen Mameluken geschehen war, und kehrte mit ihnen nach Hause zurück. Als König Tigmus ihren Bericht gehört hatte, weinte er bitterlich, riß sich die Krone vom Haupt und schlug in seinem Schmerz die Hände vors Gesicht. Schließlich raffte er sich auf und sandte Briefe zu allen Inseln des Meeres. Außerdem rüstete er hundert Schiffe mit Truppen aus und schickte sie auf die Suche nach Janschah. Er selbst zog sich mit dem Rest seiner Truppen in die Hauptstadt zurück und verfiel dort in tiefe Trauer. Janschahs Mutter begann in ihrem Schmerz sogar schon mit der Totenklage, denn für sie bestand nicht der geringste Zweifel daran, daß ihr Sohn tot war. Mittlerweile irrten sowohl Janschah und seine Gefährten als auch die Truppen, die nach ihnen suchen sollten, gut zehn Tage auf dem weiten Meer umher, bis die Truppen schließlich die Suche aufgaben und dem König traurig das Scheitern ihres Auftrags meldeten.

Das Boot des Prinzen warf schließlich ein heftiger Sturm an die Küste einer zweiten Insel. Wieder machten sie dort ihren Erkundungsgang, der sie in der Mitte der Insel zu einer Quelle mit frischem Wasser führte, vor der sie schon von weitem einen Mann sitzen sahen. Sie traten zu ihm hin, um ihn zu begrüßen, und er erwiderte ihren Gruß in einer Sprache, die dem Gezwitscher der Vögel glich. Während Janschah und seine Begleiter noch über die Sprache des Mannes staunten, schaute dieser einmal kurz nach rechts und links und spaltete sich plötzlich in zwei Teile, von denen sich jeder nach einer anderen Richtung hin davonmachte. Mittlerweile kam schon eine unfaßbar große Menge aller möglichen Leute von den Bergen herunter, die sich alle, sobald sie die Quelle erreicht hatten, sofort in zwei Hälften spalteten, die alle auf Janschah und seine Leute zustürzten. Als die zu Tode erschrockenen Reisenden bemerkten, daß sie den Bergbewohnern als Nahrung dienen sollten, flüchteten sie schleunigst wieder zurück zur Küste, konnten jedoch nicht verhindern, daß die Kannibalen die Verfolgung aufnahmen, wobei sie drei von den Mameluken fangen konnten, die sie gleich verspeisten. Mit den restlichen drei Dienern rettete Janschah sich auf das Boot, machte es sofort los und segelte Tag und Nacht, ohne zu wissen, wohin. Im Laufe dieser Fahrt schlachteten sie nun die Gazelle und ernährten sich von ihrem Fleisch, bis der Wind sie schließlich auf eine dritte Insel trieb. Diese war reich an Wald und Wasser, an Blumen und allen Arten von edlen Früchten. Im Schatten der Bäume plätscherten die Bäche munter vor sich hin; sie befanden sich offenbar in einem Garten Eden.

Die Insel gefiel dem Prinzen, und er fragte seine Gefährten, welcher von ihnen an Land gehen und die Insel erkunden wollte. Als sich einer der Diener dazu bereitfand, ließ er jedoch nicht zu, daß nur einer ging, sondern schickte sie alle drei an Land, während er selbst so lange im Boot auf sie warten wollte. Sie suchten nun die Insel nach Osten und nach Westen ab, ohne eine Menschenseele auf ihr zu entdecken, worauf sie weiter bis in die Mitte der Insel vordrangen, bis sie zu einer stattlichen Burg gelangten, deren Wälle aus weißem Marmor waren. Innerhalb des Burghofs befand sich ein kleinerer Palast aus reinstem Kristall, in dessen Mitte sich wiederum ein Garten befand mit einer unbeschreiblichen Vielzahl an frischen und getrockneten Früchten, mit herrlich duftenden Blumen und Bäumen, in deren Zweigen die Vögel sangen. Im Zentrum des Gartens befand sich ein großer Teich und daneben eine geräumige offene Halle mit einem etwas erhöhten Podium, auf dem eine Anzahl von Stühlen um einen Thron aus rotem Gold herum aufgereiht waren, der mit allen Arten von Edelsteinen, besonders aber mit Rubinen, besetzt war. Beeindruckt von der Schönheit des Schlosses und des Gartens erkundeten sie alles gründlich, fanden aber auch dort keinen Menschen, so daß sie nach einer Weile zu Janschah zurückkehrten und ihm Bericht erstatteten. Da nun auch dieser die Wunder der Insel zu sehen wünschte, ging er ebenfalls an Land und folgte ihnen zu dem Palast, dessen Schönheit ihn in Entzücken versetzte. Als der Abend dämmerte, hatten sie sich jeden Teil des Gartens genau besehen, von den Früchten gegessen und sich darin müde gewandert. So kehrten sie nun zu jenem erhöhten Teil der Halle zurück, wo sie sich niederließen, Janschah auf dem Thron in der Mitte und die drei Gefährten auf den Stühlen rechts und links neben ihm. Und als der Prinz so dasaß, wurde ihm wieder schmerzlich die Trennung von Vater,

Heimat, Freunden und Verwandten bewußt, und er und seine Gefährten begannen bitterlich zu weinen und ihr Schicksal zu beklagen. Als sie noch ihren Sorgen nachhingen, hörten sie auf einmal von der Küste her einen Höllenlärm und erblickten dort eine Herde von Affen, die so groß war, daß sie aussah wie ein Heuschreckenschwarm. Die Burg und die ganze Insel gehörten diesen Affen, wie sich nun herausstellte. Sie hatten das Boot der Fremdlinge, das an der Küste lag, sofort versenkt und kamen jetzt zu dem Palast zurück, wo sie auf Janschah und seine Diener stießen. Bei ihrem Anblick waren die vier zu Tode erschreckt, aber schon näherte sich eine Abordnung der Affen dem Thron, die ihre freundschaftlichen Gefühle für die Menschen dadurch bekundeten, daß sie den Boden zu Janschahs Füßen küßten und eine Zeitlang mit auf der Brust gekreuzten Armen vor ihm stehen blieben. Dann brachte eine andere Gruppe einige Gazellen, die geschlachtet, gehäutet, zerlegt und gebraten wurden. Als das Fleisch gar war, legten sie es auf goldene und silberne Platten, richteten den Tisch her und bedeuteten Janschah und seinen Männern, daß sie nun speisen sollten. Der Prinz und seine Begleiter kamen der Aufforderung nach und begannen zu essen, und auch die Affen setzten sich zu Tisch und aßen mit ihnen, bis sie alle satt waren. Nach dem Fleisch trugen die Affen noch Früchte auf, von denen sie ebenfalls mitaßen, und priesen Allah den Erhabenen.

Es gelang Janschah, sich mit Hilfe der Zeichensprache mit den Affen zu verständigen, und er erfuhr auf diese Weise, daß die Insel dem König Salomo, dem Sohn Davids, gehörte, und daß dieser einmal im Jahr hierherkam, um sich zu erholen. Dann aber fuhren die Affen fort: ›Und nimm bitte zur Kenntnis, daß du jetzt unser Sultan geworden bist und wir deine Diener sind. Iß und trink also beruhigt und sei sicher, daß wir alle deine Wünsche erfüllen werden.‹ Mit diesen Worten küßten sie mehrmals die Erde vor Janschah und verließen die Fremdlinge. In jener Nacht schlief der Prinz auf seinem Thron, während seine Diener auf den Stühlen um ihn herum ruhten. Bei Tagesanbruch erschienen vier Wesire, die Hauptleute der Affen, vor ihm, und sie hatten im Gefolge ihre Truppen, die sich reihenweise um ihn herum aufbauten, bis der ganze Raum gefüllt war. Dann bedeuteten ihm die Wesire, er möge doch Recht sprechen unter ihnen. Die Affen jedoch schrien einander plötzlich etwas Unverständliches zu und waren, mit Ausnahme einer kleinen Gruppe, die für Janschahs Bedienung zuständig war, verschwunden. Nach einer Weile kamen einige Affen zum Palast mit Hunden, die so groß wie Pferde waren und schwere Ketten um den Hals trugen, und bedeuteten Janschah und seinen Gefährten, aufzusitzen und ihnen zu folgen. Höchst erstaunt über die Größe der Hunde taten sie, was die Affen wollten, und ritten zur Küste, wobei ihnen die Inselbewohner teils auf Hunden, teils zu Fuß wie ein

Heuschreckenschwarm nachzogen. Dort angekommen, konnte Janschah sein Boot nicht mehr finden und erhielt auf die Frage, was denn damit geschehen sei, folgende Antwort: ›Du mußt wissen, daß wir, als du auf unsere Insel verschlagen wurdest, wußten, daß du unser Sultan werden solltest, aber zugleich befürchteten, daß ihr alle in unserer Abwesenheit mit dem Boot vor uns fliehen würdet. Deshalb versenkten wir es ganz einfach.‹ Janschah und seine Mameluken erkannten nun bitter, daß ihnen kein Mittel mehr zur Flucht verhelfen konnte und daß ihnen nichts übrig blieb, als ihr weiteres Schicksal geduldig in Allahs Hände zu legen.

Auf ihrem Ritt ins Innere der Insel gelangten sie schließlich zu einem Fluß, an dessen gegenüberliegendem Ufer sich ein hoher Berg erhob, auf dessen Gipfel Janschah eine große Zahl finsterer Dämonen erblickte. Die Affen klärten ihn darüber auf, daß diese Dämonen ihre Todfeinde seien, die hierhergekommen wären, um mit ihnen zu kämpfen. Janschah bemerkte staunend, daß sie auf Pferden ritten, und war entsetzt über ihre riesige Gestalt und ihr seltsames Aussehen, das einige von ihnen wie Stiere und andere wie Kamele erscheinen ließ. Sobald diese Ungeheuer das Heer der Affen erblickten, stürzten sie sich ihnen bis zum Ufer entgegen und begannen, sie von dort mit Steinen zu bewerfen, die so groß wie Keulen waren. Es entbrannte ein heftiger Kampf, in dessen Verlauf die Monstren die Übermacht über die Affen zu erlangen drohten. Da erinnerte sich Janschah glücklicherweise, daß seine Gefährten Pfeil und Bogen mit sich führten, und befahl ihnen, die Dämonen damit zu verjagen. Die Taktik war überaus erfolgreich, und sie töteten noch viele der fliehenden Feinde, bevor dann auch die Affen immer mutiger wurden und die Monstren, die dabei noch viele Verluste hinnehmen mußten, zum Gipfel des Berges hinauf verfolgten, bis diese den jenseitigen Abhang hinunter verschwanden.

Als Janschah sich nun erleichtert jene Bergwand näher betrachtete, erblickte er dort eine Tafel aus Alabaster, auf der folgendes geschrieben stand: ›Wer auch immer du bist, Fremdling, der du auf dieser Insel gelandet bist, wisse, daß du der Herr über diese Affen sein sollst und daß es von hier kein Entrinnen für dich gibt, es sei denn, über die Pässe dieses Gebirges: nimmst du den östlichen Paß, so wirst du in eine Gegend gelangen, die von Monstren, wilden Tieren, Dämonen und Geistern nur so wimmelt, bis du nach drei Monaten den Ozean erreichst. Der westliche Paß dagegen wird dich nach einer viermonatigen Wanderung zum Ameisental führen. Wenn du diesen Weg einschlägst, gelangst du nach zehn Tagen an einen riesigen Fluß, dessen Strömung so gewaltig ist, daß sie einem die Augen blendet. Dieser trocknet jeden Sabbat aus, und dann kann man auf dem gegenüberliegenden Ufer eine Stadt erkennen, die von Ungläubigen, von Juden, bewohnt wird. Sie ist jedoch

die einzige Stadt, die es in diesem Land überhaupt gibt. Du siehst also, daß eine Flucht von hier fast aussichtslos erscheint, so daß es besser für dich ist, hier über die Affen zu herrschen, denn solange du bei ihnen bleibst, können dir die Dämonen nichts anhaben. Und jetzt sollst du noch wissen, daß der Verfasser dieses Textes König Salomo, der Sohn Davids, ist.‹ Janschah war bitter enttäuscht über diese Worte und wiederholte sie voll Trauer seinen Gefährten. Nun bestiegen sie erneut ihre Hunde und kehrten, umringt vom Affenheer, das seinen Sieg feierte, zur Burg zurück.
Als Janschah schon eineinhalb Jahre als Herrscher über die Affen auf der Insel verbracht hatte, befahl er eines Tages dem Affenheer, ihn auf die Jagd zu begleiten. Sie streiften in den wildesten Gegenden umher, bis sie schließlich zu einem Tal gelangten, von dem Janschah aus der Beschreibung König Salomos wußte, daß es das Ameisental sein mußte. Vor dem Eingang zum Tal schlugen sie ihr Lager auf und ließen es sich zehn Tage lang gutgehen. Dann nahm Janschah jedoch eines Nachts seine Männer beiseite und schlug ihnen vor, durch das Ameisental in die Stadt der Juden zu entfliehen. Auch die Gefährten wollten gern von den Affen wegkommen. Deshalb legten sie alle noch im Laufe derselben Nacht Rüstungen, Schwerter, Dolche und ähnliches Kriegsgerät an und wanderten nach Westen, bis der Morgen anbrach. Als die Affen erwacht waren und die Flucht der vier

Menschen entdeckt hatten, setzten sie zur Verfolgung an, wobei ein Teil von ihnen den östlichen Paß und der andere den Weg zum Ameisental absuchte. Schon nach kurzer Zeit, gerade als die Flüchtlinge dabei waren, das Tal zu betreten, hatten die Affen sie auch schon entdeckt. Als sie sie schon fast eingeholt hatten, kamen plötzlich überall aus der Erde Ameisen hervor, die so groß wie Hunde waren und den Affen übel zusetzten. Sie zerrissen viele ihrer Feinde, doch mußten auch die Ameisen Verluste hinnehmen und blieben am Ende nur siegreich, weil eine Ameise so stark wie zehn Affen war. Der Kampf tobte bis zum Abend. Janschah und seinen Gefährten gelang es, im Schutze der Dunkelheit auf der Talsohle entlang zu fliehen. Jedoch hatten die Affen sie bei Tagesanbruch schon wieder eingeholt. Diesmal konnten sie die Tiere mit ihren Schwertern zurückhalten, jedoch nur solange, bis ein Affe, so groß wie ein Elefant, einen der Mameluken traf und ihn in Stücke riß. Als die Affen erneut auf Janschah und seine Männer losgingen, flüchteten sie bis zum Ende des Tales, wo sie einen breiten Fluß erblickten. Jedoch lagen an beiden Ufern ganze Scharen von Ameisen auf der Lauer, die, als sie Janschah erspäht hatten, auf ihn zustürmten und ihn einkreisten. Einer der Mameluken beging darauf den Fehler, mit dem Schwert auf sie einzuschlagen, was ihn auch prompt das Leben kostete. Nun kamen auch noch die Affen den Berg herunter, um über Janschah herzufallen. Dieser jedoch riß sich die Kleider vom Leib und warf sich, zusammen mit dem letzten seiner drei Begleiter, todesmutig in den Fluß. Von der Mitte des Flusses aus entdeckten sie am gegenüberliegenden Ufer einen Baum, an dessen Zweigen man sich festhalten und sich so ans Ufer schwingen konnte, aber nur Janschah gelangte dorthin, für den Mameluken kam jede Hilfe zu spät: die Strömung riß ihn mit sich fort, und er zerschellte an einem Felsen. Mittlerweile lieferten sich Affen und Ameisen noch einen heftigen Kampf, doch gaben die Affen bald auf und zogen sich auf ihren Teil der Insel zurück.

Janschah, der sich todunglücklich und einsam fühlte, nachdem er seine Mameluken verloren hatte, beweinte sein Schicksal die ganze Nacht hindurch in einer Höhle in der Nähe des Flußufers. Am nächsten Morgen machte er sich wieder auf den Weg und wanderte Tag und Nacht, wobei die Kräuter am Wegrand seine einzige Nahrung waren, bis er schließlich zu dem Berg kam, der wie Feuer brennt, von wo aus er den Fluß erreichte, der jeden Sabbat austrocknet. Da wartete er den nächsten Sabbat ab, und als das Flußbett wieder trocken war, ging er auf die andere Seite in die Stadt der Juden hinüber, eine riesige Stadt, in der jedoch keine Menschenseele zu erblikken war. Schließlich raffte er sich auf und öffnete die Tür eines Hauses. Seine Bewohner waren alle im Zimmer anwesend, sprachen jedoch keine Silbe und bedeuteten ihm auch, als er ihnen klarmachte, er sei ein Fremder und fast am Verhungern, er solle schweigen, gaben ihm aber dann doch wenigstens Speise und Trank. Als Janschah sich am nächsten Morgen von seinen Strapazen erholt hatte, begrüßte ihn der Hausherr, hieß ihn willkommen und fragte ihn nach seinem Schicksal, das ihn hierher verschlagen hatte. Daraufhin weinte Janschah bitterlich und berichtete von seinen Abenteuern und daß sein Vater König von Kabul war. Die Juden hatten zwar von dieser Stadt selber noch nichts gehört, aber sie wußten aus Berichten reisender Kaufleute, daß in derselben Richtung das Land Jemen lag. Auf die Frage Janschahs, wie weit denn dieses Land von seinem jetzigen Aufenthalt entfernt sei, erfuhr er, daß die Reise zwei Jahre und drei Monate dauern würde und daß die Kaufleute in einem Jahr wiederkämen und er dann mit ihnen in sein Vaterland zurückkehren könnte. Solange müsse er eben in Jahwes Namen bei ihnen bleiben. Janschah fand sich notgedrungen mit seinem Schicksal ab und wanderte jeden Tag in den Straßen der Stadt umher, um sich etwas abzulenken. Nach zwei Monaten kam er auch einmal wieder auf den Marktplatz, wo er ziellos herumschlenderte, bis ein Ausrufer seine Aufmerksamkeit auf sich zog, der demjenigen tausend Goldstücke und eine wunderschöne Sklavin versprach, der bereit wäre, vom Morgen bis zum Mittag für ihn zu arbeiten. Janschah dachte bei sich, daß das wohl eine sehr gefährliche und schwierige Arbeit sein müsse, wenn sie einem nur für einen halben Tag soviel einbrächte. Da niemand auf das Angebot des Ausrufers einging, erklärte er sich schließlich dazu bereit, die geforderte Arbeit zu leisten. Darauf führte ihn der Ausrufer zu einem hohen Haus, dessen Besitzer ein jüdischer Kaufmann war, der sie auf einem Thron aus Ebenholz sitzend empfing. Der Ausrufer näherte sich ihm respektvoll und berichtete, daß er drei Monate lang jeden Tag sein Angebot ausgerufen, sich aber im Laufe der ganzen Zeit nur dieser eine junge Mann gemeldet habe. Da hieß der Jude Janschah willkommen, führte ihn in einen prächtigen Saal und befahl seinen Dienern, das Essen aufzutragen. Sie deckten den Tisch und brachten die schönsten Speisen. Als der Kaufmann und Janschah satt waren, wuschen sie sich die Hände, und dann wurde der Wein aufgetragen. Schließlich erhob sich der Jude und übergab Janschah eine Börse mit tausend Dinaren und ein überaus schönes Sklavenmädchen als Lohn für die Arbeit, die er am nächsten Tag leisten sollte. Dann zog er sich zurück, und Janschah verbrachte die Nacht mit der Sklavin. Am Morgen jedoch, als er aus dem Bad kam, ließ der Kaufmann ihn erst einmal in ein kostbares Seidengewand kleiden, ließ dann Harfe, Laute und Wein kommen, und sie unterhielten sich bis spät in die Nacht aufs beste, tranken reichlich und spielten auf ihren Instrumenten. Darauf begab sich der Kaufmann zu seinem Harem, während Janschah noch eine Nacht mit seiner schönen Sklavin verbringen durfte.

Am nächsten Morgen – Janschah war gerade vom Bad zurück – sollte er seine Arbeit ausführen. Der Kaufmann ließ zwei Mauleselinnen bringen, eine für sich, die andere für Janschah, und sie ritten zur Stadt hinaus. Bis zum Mittag waren sie zu einem Berg gelangt, dessen Gipfel unerreichbar hoch schien. Nachdem sie abgestiegen waren, reichte der Kaufmann Janschah ein Messer und einen Strick und befahl ihm, das Maultier zu schlachten. Janschah krempelte sich die Ärmel hoch, fesselte dem Tier die Beine mit dem Strick, warf es zu Boden und schnitt ihm die Kehle durch. Dann enthäutete er es und trennte Kopf und Beine ab, so daß am Ende nur ein kompaktes Stück Fleisch vor ihnen lag. Zuletzt mußte er auch noch den Bauch des Tieres aufschlitzen und hineinkriechen, worauf der Jude ihn darin einnähte und sich dann mit folgenden Worten zurückzog: ›Du sollst nun eine Weile dort drinnen bleiben und mir danach alles berichten, was du im Bauch des Tieres gesehen hast.‹ Janschah konnte jedoch nicht sehen, daß sich der Kaufmann am Fuße des Berges versteckte und daß nach kurzer Zeit ein riesiger Vogel auf das Maultier herabstieß, dieses mit seinen Klauen packte und zum Berggipfel hinauftrug, in der Absicht, es dort aufzufressen. Er spürte aber, wie der Vogel zu fressen begann, und konnte gerade noch rechtzeitig den Bauch des Tieres wieder aufschlitzen und herauskriechen. Vom Anblick des Menschen erschreckt, flog der Vogel auf und davon. Janschah sah sich nun auf dem Berg etwas genauer um, erblickte jedoch nichts als Leichen, die die Sonne schon ganz ausgetrocknet hatte, und gebleichte Knochen und rief entsetzt aus: ›Es gibt keine Majestät und keine Macht außer bei Allah, dem Erhabenen!‹ Dann erspähte er am Fuße des Berges den Kaufmann, der nach ihm Ausschau hielt. Sobald dieser Janschah oben auf dem Gipfel wahrnahm, rief er ihm zu: ›Wirf mir von den Steinen, die rings um dich liegen, welche herab, und dann werde ich dir einen Weg zeigen, wie du wieder herunterkommst.‹ Da warf Janschah ihm an die zweihundert Steine hinab – Rubine, Chrysolithe und andere kostbare Edelsteine – und bat den Juden, ihm doch nun den Weg zu zeigen, dann würde er ihm noch einmal so viele Steine hinabwerfen. Dieser jedoch sammelte nur seine Steine auf, lud sie auf den Rücken seines Maultiers, ritt ohne ein Wort davon und ließ Janschah allein auf dem Gipfel zurück. Drei Tage lang konnte dieser nur weinen und die Hilfe des Himmels anflehen, dann ermannte er sich und wanderte zwei Monate lang durch das Gebirge, wobei er sich nur von Kräutern ernährte. Ohne Aufenthalt zog er so dahin, bis er den Rand des Gebirges erreicht hatte. Von dort aus sah er in der Ferne ein Tal, das reich war an fruchtbaren Bäumen und Vögeln, die das Lob Allahs des Allmächtigen sangen. Seine Freude war übergroß, und er beschleunigte seine Schritte, bis er zu einer Felsenschlucht kam, aus der sich nach Regenfällen das Wasser ins Tal ergoß. Doch auch dieses

Hindernis überwand er und erreichte endlich das Tal, das er vom Gipfel des Berges aus erblickt hatte. Dieses durchwanderte er, nach rechts und links Ausschau haltend, so lange, bis er zu einer großen Burg gelangte, die hoch in den Himmel ragte.

Beim Nähertreten bemerkte er vor dem Burgtor einen alten Mann von würdigem Aussehen, in dessen Antlitz helles Licht erstrahlte und der einen Stab aus Karneolen in der Hand hielt. Der Mann erwiderte Janschahs Gruß und hieß ihn willkommen. Dann bat er ihn, sich zu setzen und ihm zu berichten, wie er in dieses Land gekommen war, das vor ihm noch nie eine Menschenseele betreten hatte. Janschah durchlitt noch einmal im Geiste all die Mühsal und Entbehrungen des langen Irrwegs, und Tränen erstickten ihm die Stimme. Dabei wurde auch dem Alten weh ums Herz, und er bat Janschah, nicht mehr zu weinen. Dann gab er ihm erst einmal etwas zu essen. Als Janschah gesättigt war und Allah, dem Erhabenen, gedankt hatte, bat ihn der Alte nochmals, ihm seine Geschichte zu erzählen. Diesmal erzählte er ihm alles vom Anfang bis zum Ende und versetzte seinen Zuhörer damit in ungeheures Staunen. Daraufhin wollte Prinz Janschah seinerseits wissen, wer der Herr über dieses Tal und die riesige Burg war. Bereitwillig gab der edle Alte Auskunft: ›Du mußt wissen, mein Junge, daß dieses Tal mit der Burg und mit allem, was sich darin befindet, dem König Salomo, dem Sohn Davids, gehört. Mein Name ist Scheich

Nasr, König der Vögel. König Salomo hat diese Burg meiner Obhut anvertraut, mich die Sprache der Vögel gelehrt und mich zum Herrscher über alle Vögel der Welt bestimmt. Einmal im Jahr kommen alle Vögel hier durch, und ich bin hier, um sie zu mustern, bevor sie wieder davonfliegen.‹ Als Janschah dies hörte, kamen ihm wieder die Tränen, und er fragte den Scheich, wie er denn dann je wieder in sein Heimatland zurückgelangen könne, worauf der erwiderte: ›Du befindest dich hier dicht bei dem Berge Kaf, und bevor die Vögel nicht gekommen sind, gibt es für dich kein Entrinnen. Wenn sie aber erst einmal hier sind, werde ich dich einem von ihnen anvertrauen, damit er dich wieder in deine Heimat bringt. Mittlerweile bleibe bei mir, iß und trink nach Herzenslust und schaue dir zur Unterhaltung die Räume des Schlosses an.‹

So lebte Janschah bei Scheich Nasr herrlich und in Freuden und genoß die Schönheit des Tales, aß von seinen Früchten und unterhielt sich gut mit dem alten Mann, bis schließlich der Tag kommen sollte, an dem die Vögel ihren jährlichen Besuch bei ihrem Herrn abstatteten. Da sprach der Scheich zu ihm: ›Lieber Janschah, hier hast du die Schlüssel für sämtliche Räume des Schlosses. Schau sie dir an, solange ich mit den Vögeln beschäftigt bin, aber hüte dich, einen bestimmten Raum, den ich dir noch näher bezeichnen werde, zu öffnen. Wenn du meiner Bitte zuwiderhandelst und es doch tust, wird dir die Zukunft nichts Gutes bringen.‹ Diese Weisung wiederholte er mehrmals mit großem Nachdruck und begab sich dann zu seinen Vögeln, die, eine Art nach der anderen, vor ihn hinflogen und ihm die Hände küßten. Janschah besichtigte unterdessen die Burg, öffnete die verschiedenen Türen und bestaunte die Räume, in die sie führten, bis er schließlich zu dem Raum kam, vor dem ihn Scheich Nasr ausdrücklich gewarnt hatte. Schon die Tür mit ihrem goldenen Schloß und mit ihrer ganzen Machart gefiel ihm sehr, und er kam zu der Überzeugung, daß dieser Raum wohl herrlicher als alle anderen sein müsse. Zu gern wollte er wissen, was für ein Geheimnis sich darin verbarg, das ihm der Scheich vorenthalten wollte. Und er beschloß, ihn doch zu betreten, denn, so meinte er, was dem Menschen bestimmt sei, das müsse er auch erfüllen. Also streckte er die Hand aus, drehte den Schlüssel herum und befand sich auch schon vor einem großen Teich, neben dem ein kleiner Pavillon stand, der ganz aus Gold, Silber und Kristall gebaut war. Die Rautenfenster waren aus Hyazinth, das Boden-Mosaik aus grünem Beryll, Ballas-Rubinen, Smaragden und anderen Edelsteinen. In der Mitte des Pavillons stand in einem goldenen Becken voll Wasser ein Springbrunnen mit kunstvoll gearbeiteten Wasserspeiern aus Gold und Silber, Vogel- und anderen Tiergestalten. Wenn dann noch ein leichter Wind über diese Figuren hinwegstrich, verursachte er in ihren Ohren ganz verschiedenartige

Geräusche, die alle dem Gesang von Vögeln glichen. Neben dem Brunnen befand sich ein großer offener Raum mit einem Podium, auf dem sich ein großer Thron aus Karneol erhob. Er war mit Perlen und Juwelen eingelegt, und darüber war ein Zeltdach aus grüner Seide gespannt, das gut fünfzig Ellen maß und mit kostbaren Metallen und Edelsteinen bestickt war, die jedem Siegelring Ehre gemacht hätten. Unter diesem Zelt befand sich auch ein kleiner Raum, in dem der Teppich des Königs Salomo aufbewahrt wurde. Der ganze Pavillon war umgeben von einem großen Garten mit Obstbäumen und kleinen Bächen, und in der Nähe befanden sich auch Beete mit Busch- und Heckenrosen, Basilikum und anderen wohlriechenden Blumen und Kräutern. Die Bäume trugen gleichzeitig frische und getrocknete Früchte, und ihre Äste wiegten sich sanft im Wind. Janschah konnte nicht genug darüber staunen, daß all diese Wunder in einem einzigen Raum der Burg zu finden waren. Er wanderte in Pavillon und Garten umher und erfreute sich an den seltsamen und fremdartigen Dingen, die er dort sah. Sogar der Kies auf dem Boden des Teiches bestand aus Perlen, Juwelen und edlen Metallen, und immer wieder gab es neue Wunder zu entdecken.

Als er sich schließlich müde geschaut hatte, ging er wieder zum Pavillon zurück, bestieg den Thron dort und schlief eine Weile unter dem Zeltdach. Nach dem Erwachen setzte er sich auf einen Stuhl vor der

Tür, noch immer entzückt über die Schönheit des Ortes. Da ließen sich plötzlich vom Himmel sausend drei große Vögel nieder, die die Gestalt von Tauben, jedoch die Schwingen von Adlern besaßen. Sie ließen sich am Rande des Teiches nieder und spielten dort eine Weile miteinander. Dann legten sie ihr Federkleid ab und verwandelten sich in drei Mädchen, so schön wie der Mond, die auf der ganzen Welt nicht ihresgleichen fanden. Während sie in dem Teich umherschwammen und sich dort lachend vergnügten, hatte Janschah genug Gelegenheit, ihre Schönheit und die Anmut ihrer vollendeten Gestalten zu bewundern. Dann kamen sie wieder ans Ufer und gingen im Garten auf und ab. Der junge Mann verlor bei ihrem Anblick fast den Verstand. Er sprang auf und folgte ihnen, und als er sie überholt hatte, grüßte er sie und wollte von ihnen wissen, wer sie seien und woher sie kämen. Das jüngste der drei Mädchen antwortete ihm: ›Wir kommen aus dem unsichtbaren Reich Allahs des Allmächtigen hierher, um es uns eine Weile gutgehen zu lassen‹, worauf Janschah sie beschwor: ›Erbarm dich meiner, sei freundlich zu mir und habe Mitleid mit mir und dem schweren Los, das ich bis jetzt in meinem Leben erdulden mußte.‹ Das Mädchen entgegnete jedoch nur: ›Hör' mit dem Gerede auf und laß' uns in Frieden!‹ Da konnte er die Tränen nicht mehr zurückhalten, seufzte tief und sprach vor ihnen die folgenden Verse:

Im Garten erschien sie mir wie eine Vision in Grün
Mit offenem Mieder und offenem, langem Haar.
Wie heißt Du, wollte ich wissen, da lachte sie nur:
Die Herzen entflamm ich in zehrender Liebesglut.
Da klagt' ich seufzend meine Liebespein,
Sie aber spottete mit ihrem Herzen aus Stein.
Und ist dein Herz aus Stein hart wie Granit,
Den reinsten Quell Gott aus dem Stein doch zieht.

Die Mädchen amüsierten sich darüber köstlich, sie lachten weiter, spielten, sangen und waren äußerst fröhlich. Janschah brachte ihnen saftige Früchte, und sie aßen und tranken und schliefen alle in dem Pavillon. Als es jedoch hell wurde, legten sie ihr Federkleid wieder an und flogen in ihrer Taubengestalt davon. Als Janschah sie so schweben sah, schwanden ihm die Sinne, er stieß einen lauten Schrei aus und fiel dann in eine tiefe Ohnmacht, die den ganzen Tag dauern sollte.

Mittlerweile hatte Scheich Nasr die Musterung seiner Vögel beendet und suchte nach Janschah, um ihn auf einem von ihnen in seine Heimat zurückfliegen zu lassen. Als er den jungen Mann nirgends fand, wußte er sofort, daß dieser den verbotenen Raum betreten haben mußte. Nun hatte er aber bereits die Vögel darauf vorbereitet, daß sie ihn bis in sein Heimatland mitnehmen sollten, und sie waren damit auch einverstanden. Deshalb blieb ihm nichts übrig, als Janschah in dem Raum mit dem Pavillon zu suchen. Die Tür stand offen, und er fand den Prinzen ohnmächtig unter einem Baum liegend.

Nachdem der Scheich sein Gesicht mit Rosenwasser besprengt hatte, erwachte dieser aus seiner Ohnmacht und sah sich nach allen Seiten um, verfiel aber, als er außer Nasr niemanden mehr in dem Raum erblickte, sogleich wieder in tiefe Melancholie und fing von neuem an zu dichten:

Sie strahlt, ein Vollmond, über glücklicher Nacht
Mit ihrem schlanken, wohlgeformten Leib,
Und mit der Augen Glanz bezaubert sie den Sinn;
Die Lippen öffnen sich wie Rosen, strahlen wie Rubin,
Das lange, offene Haar fällt dunkel bis zur Hüfte,
Die Locken können den Verliebten ins Verderben locken.
So weich sie auch dem Auge und den Sinnen scheint,
So hart wie Feuerstein kann sie oft sein;
Der Pfeil vom fein geschwungenen Bogen ihrer Brauen
Trifft immer tief ins Herz und sei es noch so weit;
Sie bleibt die Schönste unter all den schönen Mädchen.
Und keine, die im Lichte weilt, übertrifft ihr Licht.

Als der Scheich Nasr die Verse gehört hatte, sprach er vorwurfsvoll: ›Mein Sohn, habe ich dir nicht befohlen, die Tür unter keinen Umständen zu öffnen und jenen Raum nicht zu betreten? Was hast du denn dort gesehen und was ist dir alles zugestoßen?‹ Janschah erzählte ihm die Geschichte mit den drei Mädchen, die sich der Scheich schweigend anhörte, um ihn dann über ihr wahres Wesen aufzuklären: ›Du mußt wissen, diese drei Mädchen gehören zu den Töchtern der Geister und kommen einmal im Jahr für einen Tag lang hierher, spielen und vergnügen sich bis zum Nachmittag und kehren dann wieder in ihre Heimat zurück. Aber wenn du mich fragst, wie denn ihr Land heißt, so muß ich dir leider antworten, ich weiß es nicht. Jetzt aber nimm dich zusammen, vergiß die ganze unglückliche Liebe und komm mit mir, damit ich dich mit den Vögeln in deine Heimat zurückschicken kann.‹

Da wurde Janschah gleich noch einmal ohnmächtig, und als er wieder erwachte, schwor er dem Scheich Nasr, daß nichts ihn mehr in sein Heimatland zurückzöge: ›Das einzige, was ich mir ersehne, ist, diese Mädchen wieder zu treffen, und selbst wenn ich vor deinen Augen sterben sollte, werde ich mein Volk mit keiner Silbe mehr erwähnen.‹ Weinend fuhr er noch fort: ›Ich wäre ja schon zufrieden, wenn ich nur das Gesicht der einen, die ich liebe, sehen könnte, auch wenn dies nur einmal im Jahr möglich wäre.‹ Und wieder fand er für seine Gefühle nur Verse:

Ach, müßt ich die Vision nicht jede Nacht ertragen,
Die Liebessphinx, der sich kein Mensch erwehrt,
Die mir das Feuer in die Seele treibt vor Liebe,
Und mir die Tränen in die Augen treibt vor Schmerz,
Bei Tage muß ich mich gedulden, und noch mehr bei Nacht
Wie lebt ich sonst so leicht, wie schwer drückt Liebesmacht.

Dann warf er sich zu Scheich Nasrs Füßen, küßte sie und beschwor ihn, um Allahs willen doch Mitleid mit ihm zu haben, worauf der gütige Alte ihm erwiderte: ›Nun weiß ich zwar auch weiter nichts von diesen Mädchen, aber wenn dein Herz so an dem einen hängt, dann bleibe in Allahs Namen bis nächstes Jahr um dieselbe Zeit hier bei mir, sie werden dann sicher alle drei wieder auftauchen. An diesem Tag versteckst du dich hinter einem Baum, und wenn sie ihr Federkleid abgelegt haben und in einiger Entfernung davon im Teich baden, nimmst du dasjenige deiner Geliebten an dich. Wenn sie dich dann gesehen haben, werden sie alle drei ans Ufer kommen, und die Besitzerin des Kleides, das du genommen hast, wird dich mit der lieblichsten Stimme und dem bezauberndsten Lächeln anflehen: ›Gib mir mein Kleid zurück, lieber Bruder, damit ich es anlegen und so meine Nacktheit bedecken kann.‹ Aber du darfst ihrer Bitte nicht

nachgeben, sonst wirst du dein Ziel nie erreichen, im Gegenteil, sie wird das Kleid anlegen und zu den Ihren zurückfliegen, und du wirst sie nie mehr wiedersehen. Deshalb halte das Federkleid, wenn du es geraubt hast, fest mit dem Arm gegen deinen Körper gepreßt, bis ich von meinen Vögeln zurückgekommen bin. Ich werde dann versuchen, zwischen euch beiden zu vermitteln, daß sie am Ende mit dir auf einem meiner Vögel in deine Heimat fliegt. Das ist alles, was ich für dich tun kann, mein Junge.‹
Als Janschah diese Worte vernommen hatte, war er sofort getröstet. Er blieb noch ein Jahr bei Scheich Nasr und zählte die Tage, bis schließlich der Zeitpunkt gekommen war, an dem die Vögel wieder erscheinen sollten. An diesem Tag gebot ihm der Scheich, mit den Mädchen und dem Federkleid so zu verfahren, wie er ihm geraten hatte. Er wollte unterdessen die Musterung seiner Vögel vornehmen. Janschah war mit allem einverstanden, und als der Scheich gegangen war, versteckte er sich so geschickt unter einem Baum, daß niemand ihn mehr hätte sehen können. Als er jedoch drei volle Tage vergebens gewartet hatte, war er schon ganz verzagt und weinte und seufzte so lange, bis er vor Kummer ohnmächtig wurde. Als er später zu sich kam, hielt er wieder nach allen Seiten Ausschau, blickte lange auf den Teich, dann zum Himmel hin, wieder zur Erde zurück und aufs offene Land hinaus, und das Herz tat ihm vor Sehnsucht weh. In diesem unglücklichen Zustand

sah er plötzlich am Himmel die drei Tauben mit ihren Adlerschwingen auftauchen, sausend zum Garten herunterschweben und neben dem Teich landen. Sie schauten sich nach allen Seiten um, ob sich nicht jemand, sei es Mensch oder Geist, vor ihnen versteckt hielte, streiften dann, als sie niemanden bemerkt hatten, ihr Federkleid ab und verwandelten sich in drei Mädchen. Und schon sprangen sie ins Wasser und schwammen lachend und scherzend im Teich umher, nackt wie Allah sie erschaffen hatte und so hell und glänzend wie Silberbarren. Doch nach einiger Zeit wurde das älteste der drei Mädchen mißtrauisch und sagte zu den anderen beiden, sie hätte das Gefühl, dort im Pavillon hielte sich jemand versteckt und beobachtete sie. Das zweite Mädchen beruhigte sie aber mit dem Hinweis, daß seit König Salomos Zeiten weder ein Mensch noch ein Geist den Pavillon betreten habe, und das jüngste fügte lachend hinzu: ›Allah weiß es, ihr lieben Schwestern, wenn sich irgendeiner hier verbirgt, wird er es sicher nur auf mich abgesehen haben.‹ Dann alberten sie vergnügt weiter, während Janschah unter seinem Baum vor Leidenschaft zitterte, jedoch war er noch geistesgegenwärtig genug, sich gut verborgen zu halten. Endlich schwammen sie bis zur Mitte des Teiches, wobei sie ihre Kleider am Ufer zurückließen. Auf diesen Augenblick hatte Janschah nur gewartet, er sprang hoch und rannte pfeilgerade zum Teich, wo er das Federkleid der jüngsten Fee an sich riß, in die er sich so verliebt hatte und die Schamsa hieß, wie die Sonne. Als die drei ihn bemerkten, erschraken sie sehr, blieben jedoch, da sie ja nackt waren, im Wasser. Sie kamen bis in Ufernähe geschwommen und konnten so sehen, daß sein Gesicht schön war wie der Mond in einer klaren Nacht. Da fragten sie ihn, wer er sei, woher er käme und warum er ausgerechnet das Federkleid des Mädchens Schamsa genommen hätte. Er forderte sie mit zärtlichen Worten auf, zu ihm herauszukommen, dann wolle er ihnen seine Geschichte erzählen und Schamsa sagen, warum er sie den beiden anderen vorzöge. Darauf bat ihn Schamsa so lieb sie konnte: ›Lieber junger Herr, Freude meiner Augen und Wonne meines Herzens, gib mir doch mein Gewand wieder, damit ich, wenn ich aus dem Wasser steige, nicht ganz nackt vor dir stehe.‹ Aber er antwortete nur: ›O schöne Prinzessin, ich werde mich hüten, dir dein Kleid zu geben und so das ersehnte Ziel meiner Liebesbemühungen zunichte zu machen. Nein, ich will es dir nicht eher geben als bis Scheich Nasr, der König der Vögel, zurückkommt.‹ Da konnte sie nur noch von ihm verlangen, daß er sich ein wenig zurückziehe, damit wenigstens ihre Schwestern sich am Ufer ungestört anziehen und ihr ein Stück von ihnen zum Anziehen leihen könnten. Diese Bitte wollte er ihnen gern gewähren, und so zog er sich in den Pavillon zurück. Als die drei Prinzessinnen wieder auftauchten, hatten die beiden älteren ihr Federkleid angelegt und Schamsa etwas von ihrem abgegeben, aber nicht so viel, daß sie damit hätte wegfliegen können. Schön wie der blühende Mond und die äsende Gazelle betrat die Prinzessin dann den Pavillon, wo Janschah schon auf dem Thron saß. Sie grüßte ihn und nahm neben ihm mit den Worten Platz: ›Du schöner Junge, nachdem du uns beide ins Unglück gestürzt hast, dich und mich, so erzähle uns wenigstens deine Erlebnisse, damit wir wissen, was mit dir geschehen ist.‹ Als sie sah, daß Janschahs einzige Reaktion auf ihre Worte ein so heftiges Weinen war, daß sein Gewand von den Tränen ganz naß wurde, erkannte sie den wahren Grund in seiner übergroßen Bezauberung durch sie, und sie erhob sich, nahm ihn bei der Hand, bedeutete ihm, sich neben sie zu setzen, und trocknete seine Tränen mit ihrem Ärmel.

Dann bat sie ihn, mit dem Weinen aufzuhören und ihr seine Geschichte zu erzählen. Nachdem sie ihm aufmerksam zugehört hatte, seufzte sie und sprach: ›Junger Herr, wenn du mich so zärtlich liebst, dann gib mir doch bitte mein Gewand wieder, damit ich mit meinen Schwestern zu meinen Eltern fliegen und ihnen von deiner Zuneigung zu mir berichten kann. Danach werde ich zu dir zurückkommen und dich auf meinen Flügeln in deine Heimat tragen.‹ Als Janschah dies hörte, begann er von neuem zu weinen und fragte sie, ob es ihr von Allah erlaubt sei, ihn auf so unrechte Weise zu töten. Sie beteuerte, sie wüßte nicht, warum sie eine solch böse Tat begehen sollte, und darauf erklärte er ihr, daß er auf der Stelle sterben würde, wenn sie ihre Federn wieder anlegen und von ihm fortfliegen würde. Alle drei lachten über diesen verrückten Gedanken, und Schamsa beruhigte ihn mit den Worten: ›Sei nur guter Dinge und trockne deine Tränen, denn ich liebe dich so, daß ich gar nicht anders kann als dich heiraten.‹ Dabei beugte sie sich zu ihm, umarmte ihn und drückte ihn an ihre Brust, wobei sie ihn auf Stirn und Wangen küßte. Sie hielten sich eine ganze Weile eng umschlungen, dann rissen sie sich voneinander los und ließen sich auf dem Thron nieder. Die älteste Prinzessin ging in den Garten und brachte ihnen Früchte und Blumen in den Pavillon. Darauf aßen und tranken sie, lachten und spielten und waren guter Dinge. Schamsa bewunderte Janschahs einzigartige Schönheit, seinen schlanken Wuchs und die Ebenmäßigkeit und Anmut seiner Gestalt und versicherte ihm noch einmal bei Allah, daß ihre Liebe zu ihm übergroß sei und daß sie ihn nie verlassen würde. Bei diesen Worten lachte er vor Entzücken aus voller Brust, bis seine Zähne blitzten, und sie waren beide wieder ausgelassen und vergnügt.

Auf dem Höhepunkt ihres Glücks kam jedoch plötzlich Scheich Nasr von seinen Vögeln zurück zum Pavillon, worauf sie sich alle ehrfürchtig erhoben und ihm zur Begrüßung die Hände küßten. Er hieß die Prinzessinnen willkommen und bat sie, sich zu setzen. Dann wandte er sich an Prinzessin Schamsa:

›Du weißt, daß dieser junge Mann dich über alle Maßen liebt. Behandle ihn deshalb um Allahs willen freundlich, denn er ragt heraus unter allen Menschen und Königssöhnen. Sein Vater ist Herrscher über ein riesiges Reich, das Land Kabul.‹ – ›Ich will deinen Wunsch gern erfüllen‹, sprach darauf die Prinzessin, küßte ihm die Hände und blieb respektvoll vor ihm stehen. Darauf ließ Scheich Nasr sie bei Allah einen Eid schwören, Janschah niemals untreu zu werden, solange sie lebe. Dies gelobte sie ihm, und auch, daß sie ihn ganz bestimmt heiraten würde, denn sie könne sich nimmermehr von ihm trennen. Dieses heilige Gelöbnis glaubte ihr der Scheich und sagte froh zu Janschah: ›Wie wunderbar, daß zwischen euch beiden nun alles im Namen Allahs gut werden wird.‹ Darüber war der Prinz sehr glücklich, und er und Schamsa blieben drei Monate zu Gast bei Scheich Nasr, feierten und scherzten und waren vergnügt.
Am Ende dieser schönen Zeit der ersten Liebe sagte sie zu Janschah: ›Ich möchte mit dir in deine Heimat ziehen, wo du mich heiratest und wir wohnen bleiben.‹ Janschah hörte es nur allzu gern und beriet sich mit Scheich Nasr, der ihnen zu diesem Plan seinen Segen gab. Da bat sie Scheich Nasr, Janschah ihr Federkleid holen zu lassen; kaum hatte er es ihr aus dem Pavillon gebracht, als sie es auch schon anlegte und zu ihm sagte: ›Steig auf meinen Rücken und schließ deine Augen und Ohren gut, daß dir das Dröhnen der kreisenden Sphären nicht schadet; und halte

dich gut an meinen Federn fest, damit du nicht herunterfällst.‹ So geschah es, und als sie schon fortfliegen wollte, fiel Scheich Nasr ein, daß er ihnen noch den Weg nach Kabul beschreiben müsse, weil man sich auf der großen Strecke leicht verirren konnte. So wartete sie noch seine Beschreibung ab, und es gab einen bewegten Abschied, bei der ihr der gute Scheich noch einmal das Wohl des Prinzen ans Herz legte. Auch von den Schwestern trennte sie sich mit Grüßen an die Eltern und der Bitte, ihnen alles genau zu erzählen; dann erhob sie sich pfeilschnell wie der Wind in die Lüfte und mit ihr die Schwestern, die nach Hause flogen und der Familie alles berichteten. Schamsa hörte nicht auf zu fliegen, bis die Stunden vom Vormittag bis zum Nachmittagsgebet verstrichen waren und sie Janschah, der noch immer auf ihrem Rücken saß, ein Tal mit üppigem Grün und Bäumen am Bachufer zeigte, wo sie mit ihm rasten und die Nacht verbringen wollte. Das gefiel ihm auch, und bald saßen sie am Ufer, und er küßte sie zart zwischen die Augen; dann spazierten sie vergnügt in dem schönen Tal umher, aßen von den saftigen Früchten, bis die Nacht anbrach und sie unter einem Baum tief und fest bis zum Morgendämmern schliefen.

Kaum war es richtig Tag, erhob sich die Prinzessin, bat Janschah aufzusitzen und flog mit ihm bis zum Mittag weiter, als sie an der Silhouette der Stadttürme, die unter ihnen lagen, und der Wegbeschreibung Scheich Nasrs merkte, daß sie sich Kabul näherten. Da ließ sie sich aus den Wolken hinabgleiten auf eine weite, blühende Wiese, auf der Gazellen weideten und neben quellklarem Wasser die schönsten Früchte wuchsen. Janschah war abgestiegen und küßte sie dankbar zwischen die Augen, als sie fragte: ›Weißt du denn, mein Liebster und mein Augenstern, wie viele Tagereisen wir seit gestern zurückgelegt haben? Es waren volle dreißig Monate!‹ Da dankte er Allah für die sichere weite Heimkehr, und sie pflückten Früchte, setzten sich verliebt und vergnügt ans Bachufer und aßen und tranken. Und wie sie noch dort saßen, kamen zwei Mameluken aus des Prinzen damaliger Jagdgesellschaft herbei; den einen hatte er bei den Pferden zurückgelassen, als er das Fischerboot bestieg, der andere hatte ihn beim Jagen begleitet. Sie hatten den Prinzen kaum von weitem erblickt, als sie ihn auch schon erkannten und freudig begrüßten. Gleich baten sie auch darum, dem König die frohe Botschaft zu überbringen; Janschah trug ihnen auf, Zelte zu bringen, denn er wollte mit Schamsa sieben Tage auf der schönen Au verbringen und sich von der Reise erholen, bevor er das Geleit des Vaters treffen und mit großem Gepränge in die Stadt einreiten wollte. Rasch saßen die Boten auf und ritten zu König Tigmus, dem sie eine gute Nachricht ankündigten. ›Welche gute Nachricht? Ist etwa mein Sohn Janschah zurückgekehrt?‹ – ›Ja, er ist zurück aus der Fremde und dir ganz nah, auf der

Kirani-Weide.‹ So glücklich war der König über diese Botschaft, daß er ohnmächtig vor Freude zu Boden sank; dann ließ er, wieder zu sich gekommen, den Wesir kommen und den Freudenboten beiden ein schönes Ehrenkleid und eine runde Summe Geld geben. Der Minister tat wie ihm geheißen, die Boten erklärten, was Janschah wollte, und der König brannte darauf zu wissen, wie es seinem Sohn gehe. ›Er hat eine Fee bei sich, die so schön ist, als käme sie aus dem Paradies.‹

Bei diesen Worten kannte der König kein Halten mehr; er ließ die Kesselpauken und Hörner erschallen und Boten an Janschahs Mutter und die Frauen der Emire, Wesire und Fürsten des Reichs mit der Neuigkeit senden. Er selbst machte sich dann mit großem Gefolge zur Kirani-Weide auf, und der Prinz, der mit Schamsa ruhend am Wasser saß, sah mit einem Mal den ganzen Hofstaat vor sich auftauchen. Janschah sprang auf und ging ihnen entgegen; die Krieger und Jagdgefährten, die ihn gleich wiedererkannten, sprangen vom Pferd, um ihn zu begrüßen und ihm die Hände zu küssen. Dann bildeten sie eine Ehrengarde, die dem Prinzen voran zum König schritt. Der hatte seinen Sohn kaum gesehen, da sprang er vom Rücken seines edlen Pferdes und umarmte den langentbehrten Sohn unter vielen Freudentränen. Mit dem wiederaufgesessenen Gefolge zur Rechten und zur Linken ritten sie dann in feierlichem Zug zum Flußufer, wo die Reiter ihre Zelte aufschlugen und bunte Banner zum Klang von Trompetengeschmetter und Pfeifen und dem Rollen der Trommeln wehten. Die Zeltaufschläger mußten auf des Königs Befehl für Prinzessin Schamsa ein rotseidenes Lustzelt errichten, die inzwischen ihr duftiges Federkleid mit vornehmer Garderobe getauscht hatte, um im Prunkzelt Platz zu nehmen. Als sie in ihrer ganzen Schönheit dort saß, näherte sich Janschah mit dem König, und Schamsa erhob sich vor dem eintretenden Herrscher, um den Boden vor ihm zu küssen. Der König setzte sich zwischen die beiden und, nachdem er die Prinzessin willkommen geheißen hatte, konnte er kaum erwarten, von beiden alles erzählt zu bekommen. Nach Janschahs langem Bericht aller Abenteuer wandte sich der staunende und dankbare Vater an die Prinzessin und rief aus: ›Allah sei höchstes Lob, daß er dich zu uns geführt hat und du mir meinen Sohn wiederbrachtest. Die Güte des Herrn ist wahrhaft grenzenlos! Und nun mußt du mir sagen, liebe Tochter, was du dir von mir wünschst und was ich dir zur Ehre tun kann.‹ Sie hatte einen Einfall und wünschte sich ein Wasserschlößchen, umgeben von den schönsten Blumenanlagen. Der König versprach alles gern, als auch schon die Mutter des Prinzen mit allen Frauen der Wesire, Emire und städtischen Würdenträger im Gefolge sich näherte. Janschah lief ihr entgegen, und sie umarmten sich lange vor dem Zelt, bis die Königin unter Freudentränen die Verse sprach:

Die Träne quillt vor übergroßer Freude
Was sonst vom Leiden kommt, hier ist es Lust.
O Auge, schäm dich nicht der heißen Tränen,
Die dir aus langer Trennung so vertraut geworden.

Auch Janschah hatte über der langen Trennung Heimweh und Sehnsucht nach seinen Eltern kennengelernt, und Mutter und Sohn hatten sich noch viel zu erzählen, als der König sich schon in sein Prunkzelt begeben hatte. Die Königin und Schamsa lernten sich nun auch näher kennen und erwiesen sich, wie auch der weibliche Hofstaat ihnen, viel Achtung und Gunst. König Tigmus verwöhnte seine Untertanen mit großzügigen Gaben und Freudenfeiern zu Ehren des verloren geglaubten Sohnes, die zehn Tage dauerten; so lange blieb man auf der Festwiese vor der Stadt. Der dann vom König befohlene festliche Einzug in die Stadt wurde zum wahren Triumphzug, den die Stadtbewohner mit reichem Schmuck der Häuser feiern halfen, mit Brokat und Teppichen, selbst unter den Hufen der Pferde. Die Trommeln verkündeten den frohen Anlaß, die Großen des Reichs brachten reiche Geschenke, und jedermann in den Straßen bekam etwas von dem Glanz zu sehen und zu bestaunen, sogar für die Bettler und Fakire fiel etwas ab. Auch die Prinzessin Schamsa genoß die allgemeine Freude, die noch einmal zehn Tage dauerte.

Schließlich ließ König Tigmus Architekten, Bauleute und Künstler kommen, die das Wasserschlößchen bauen sollten. Als Janschah davon hörte, ließ er die Steinmetze einen weißen Marmorblock so behauen und aushöhlen, daß er einer Truhe glich. Darin barg er das Federkleid der Prinzessin, mit dem sie ihn durch die Lüfte getragen hatte, ließ den Deckel mit flüssigem Blei versiegeln, die Steintruhe in die Fundamente des Schlößchens einmauern und darüber die Bögen errichten, die den Palast tragen sollten. Alles geschah, wie er es wollte, und bald war das hübsche Lustschloß fertiggestellt, umgehen von einem Landschaftsgarten und Wasser, das unter den Bögen dahinfloß. Nun war alles zur Hochzeit bereit, die der König mit aller Pracht feiern ließ, und Janschah trug die Braut, vom gesamten Hofstaat geleitet, über die Schloßschwelle. Das Fest dauerte bis tief in die Nacht, bis alle Gäste gegangen waren. Im stillen Palast spürte die Prinzessin, daß ihr Federkleid dort versteckt war; sie konnte seinen Duft sogar riechen und beschloß, es zurückzuholen. Aber sie wartete noch bis Mitternacht, bis Janschah von tiefem Schlaf wie betäubt dalag; da schlich sie leise nach draußen und fing an, mit ihren Zauberkräften genau vor der Stelle den Boden auszuhöhlen, wo die Marmortruhe unter den Bögen vergraben lag. Dann dauerte es nicht mehr lange und sie hatte auch den Bleiverschluß vom plombierten Deckel gelöst und hielt das Federkleid in Händen. Schon war sie hineingeschlüpft und hob sich in die Lüfte, flog dann auf den Dachgiebel des Schlosses und rief so laut, daß die Diener es hören mußten: ›Holt mir Janschah, damit ich ihm Lebewohl sage.‹ Verstört lief der aus dem Schlaf gerissene Prinz auf die Palasttreppe hinaus und sah tief erschrocken, wie seine Braut auf dem Dach der Terrasse als Adlertaube saß, als die er sie zuerst erblickt hatte. ›Warum hast du mir das angetan?‹ rief er mit schlimmen Vorahnungen hinauf. Da sagte sie nur noch: ›Ach, mein süßer, lieber Mann und meine Augenweide, ich bin in dich sterblich verliebt und so froh, daß ich dich zu den deinen und deiner Heimat zurückbringen konnte. Aber nun mußt du mich ziehen lassen, wenn du mich so liebst wie ich dich, und zu mir ins Edelsteinschloß Takni kommen.‹ Sprach's, und war auch schon mit sausenden Schwingen davongeflogen, auf dem Weg zu ihrer Familie und ihren Freunden, und Janschah fiel verzweifelt wie tot zu Boden.

Man meldete dem bestürzten König, was geschehen war; Tigmus ließ sofort aufsitzen und galoppierte zum Wasserschloß, wo er seinen Sohn ohnmächtig auf der Erde liegend fand. Der König weinte und wußte, ohne daß man es ihm erklären mußte, daß der Prinz seine Liebste verloren hatte, und sprengte dem Sohn Rosenwasser ins Gesicht. Als Janschah endlich zu sich kam, sah er seinen Vater über sich gebeugt und weinte über den Verlust seiner Braut, bis der König alles wissen wollte. Da erzählte er von der Geisterabstammung seiner Frau und wie alles gekommen war, und Tigmus versuchte, ihn zu trösten: ›Weine nicht mehr, ich will alle Kaufleute und Reisenden des Landes zusammenrufen und nach jenem Schloß fragen. Wenn wir erst herausbekommen, wo es liegt, werden wir uns dorthin aufmachen und die Prinzessin mit Allahs Güte von ihrer Familie zurückerhalten. Dann könnt ihr wieder glücklich beisammen sein.‹ Darauf ging der König fort und rief noch zur selben Stunde seine vier Großwesire herbei, um alles in die Wege zu leiten und bald von einem der Kaufleute und Reisenden im Land über Takni, das märchenhafte Juwelenschloß, Auskunft zu erhalten. Sogar eine Belohnung von fünftausend Goldstücken setzte er aus. Aber alles Bemühen war vergebens; keiner hatte je von dem Schloß gehört. Da ließ König Tigmus in seiner Verzweiflung die schönsten Sklavenmädchen herbeibringen und Musikanten, die aufspielen sollten, um Janschah von seinen trüben Gedanken an Schamsa und seinem schwermütigen Liebeskummer abzulenken. Auch ließ er Boten und Kundschafter in allen umliegenden Ländern und Inseln bis in die entlegensten Gegenden nach dem Zauberschloß Takni und seinen Edelsteinmauern fragen; und diese durchstreiften die Länder zwei volle Monate lang, ohne den geringsten Erfolg. Dann kamen sie zum König zurück und brachten ihm die trostlose Botschaft; Tigmus weinte bittere Tränen und ging schweren Herzens zu seinem Sohn, der inmitten all der Freudenmädchen und Musikanten,

Sänger, Harfner und Spaßmacher wie versteinert saß bei dem Gedanken an Schamsa. Und der König sprach: ›Mein armer Sohn, ich kann niemanden finden, der dies Juwelenschloß kennt; aber ich verspreche dir, ich finde eine noch schönere Braut für dich.‹ Janschah konnte bei diesen Worten seine Tränen nicht mehr zurückhalten, und die Verse kamen ihm von selbst auf die Lippen:

Geduld ist längst dahin, doch nicht die Leidenschaft,
Ein böses Fieber nahm mir alle Kraft,
Wann endlich werd' ich Schamsa wiedersehn –
Wenn es nicht sein kann, muß ich ganz vergehn.

Noch eine andere Sache machte dem König Tigmus große Sorgen. Zwischen dem König von Indien, Kafid, der ein gefürchtet starkes Heer besaß, und ihm herrschte seit langem eine tödliche Fehde. Kafids Streitmacht hatte tausend Heerführer, denen wieder tausend Stämme angehörten, von denen jeder viertausend Ritter stellen konnte. Mit seinen vier Großwesiren gebot er über ein Reich von tausend und abertausend Städten und Burgen, die eine große Zahl von Emiren, Prinzen und Fürsten verwalteten. Vor seinen Heerbannern fürchteten sich viele umliegende Länder. König Tigmus war einst gegen ihn in den Krieg gezogen und hatte zahllose seiner Krieger getötet, das Land zerstört und viele Schätze fortgetragen. Daher hatte die Kunde von dem durch seinen Sohn und seine Liebe abgelenkten Feind König Kafid kaum erreicht, als der indische Herrscher auch schon seine Berater und Würdenträger versammelte und ihnen vortrug, wie das Reich von Tigmus nachlässig regiert werde und sein einst mächtiges Heer durch die Sorgen mit dem Sohn vom König in einem schwachen und unvorbereiteten Zustand belassen wurde: ›Ihr wißt alle, wie König Tigmus einst in unser Reich einfiel, das blühende Land plünderte und verwüstete, meinen Vater und meine Brüder erschlug und keinen unter euch, seine Familie oder seinen Besitz, schonte. Nun höre ich, daß er mit dem Liebeskummer seines Sohnes beschäftigt ist und sein Heer vernachlässigt hat; jetzt ist es an der Zeit, unsere Blutrache an ihm zu nehmen. Also rüstet euch gut für den weiten Marsch und legt die Schlachtkürasse und eure härtesten Panzer an, und daß mir keiner den Angriff verzögert oder hier bleibt; sobald wie möglich ziehen wir los und fallen bei ihm ein und erschlagen ihn und seinen Sohn und reißen die Gewalt in seinem Reich an uns.‹ Wie ein Mann schworen da Kafids Untertanen, ihm zu folgen, machten sich sofort an die Kriegsvorbereitungen und sammelten ihre Truppen. Kaum drei Monate waren mit unermüdlichem Rüsten vergangen, da war alles kampfbereit, die Trommeln schlugen dumpf zum Marsch, die Posaunen dröhnten und die Standarten wehten im Wind; König Kafid setzte sich an die Spitze der gewaltigen Schar, und sie machten nicht Halt, bis sie die Grenzen des Landes Kabul erreicht hatten, wo Tigmus regierte und wo sie nun anfingen, über die Grenzen in die Dörfer einzufallen, Land und Leute zu quälen und zu ängstigen, die Alten zu erschlagen und die Jungen gefangen zu nehmen. Als dies Tigmus hörte, war er zornig und aufs höchste alarmiert und versammelte sofort die Großen des Reichs: ›Ihr müßt wissen, daß König Kafid in mein Land eingefallen ist und uns Mann gegen Mann bekriegen will und ein mächtiges Heer von kampferprobten Kriegern mitgebracht hat, dessen Stärke nur Allah kennt. Was schlagt ihr vor?‹ Die treuen Untertanen rieten zum Kampf, ohne zu zögern: ›Mächtiger König, laß uns ausziehen und den Feind angreifen und vertreiben.‹ Da ließ er aus seinen Waffenkammern alles Kriegsgerät holen, rüstete seine Männer mit Helm und Schwert, Rüstung und Panzer und sammelte das Heer unter dem Dröhnen der Trommeln, dem Trompetenschall, Beckenschlagen und Pfeifen um die Standarten. Tigmus ritt an die Spitze, um dem Heerführer der Inder zu begegnen, und als sie nahe am Feind waren, ließ er anhalten und im Zachran-Tal, dicht an der Grenze von Kabul, die Zelte aufschlagen. Dem König Kafid schrieb er einen Brief, in dem er ihn einen Wegelagerer und Tyrannen nannte und ein sofortiges Ende der Grenzbelästigungen sowie totalen Abzug des feindlichen Heers verlangte. Noch sei es Zeit abzulassen ohne weiteres Blutvergießen: doch sei das Heer von Kabul anderenfalls zur Schlacht bereit. Das versiegelte Schreiben gab er einem Fähnrich mit und ließ ihn von Kundschaftern begleiten.

Als die Späher von Tigmus mit dem Boten zum Feindeslager vordrangen, sahen sie unzählige Zelte aus Seide und Satin mit stolzen blauen Fahnen und in ihrer Mitte ein rotes Prunkzelt, von Wachen umringt, die vor Waffen starrten. Der Bote ging unbeirrt auf dieses Zelt zu, bis er bei König Kafid anlangte, den er dort auf juwelenbesetztem Thron inmitten seiner Wesire, Emire und Großen des Reichs Hof halten sah. Als er den Brief hervorzog, wurde ihm das Schreiben sofort von einer Wachtruppe abgenommen, die es dem König brachte und ihn warten ließen; der mußte nicht lange nachdenken, da hatte er auch schon ein Antwortschreiben verfaßt: ›Ohne uns lange mit Förmlichkeiten aufzuhalten, lassen wir König Tigmus wissen, daß wir hier sind, um Blutrache zu nehmen und unsere befleckte Ehre zu reinigen. Dein Reich, König, werden wir in Asche und Staub legen, den Vorhang zerreißen, die alten Männer töten und die jungen als Sklaven mitnehmen. Morgen also erwarten wir dein Heer zu offener Feldschlacht, Mann gegen Mann.‹ Den versiegelten Brief gab er dem Boten an Tigmus mit, der vor seinem Herrscher niederfiel und den Boden küßte. Dann berichtete er dem König alles, was er beim Feind gesehen hatte, unzählige Krieger zu Fuß und zu Pferde.

Als Tigmus das Antwortschreiben und seinen trotzigen Sinn genau verstanden hatte, packte ihn die Wut, und er ließ seinen Wesir Ain Zar einen Angriff zu Pferde mit tausend Mann zur Zeit der mittleren Nachtwache vorbereiten, wo man leicht wieder zurückreiten konnte und mit den fliehenden Gegnern leichtes Spiel zu haben hoffte. Ain Zar machte sich sofort an die Ausführung des Plans, jedoch gab es im feindlichen Lager einen Gegenspieler, den Wesir Gatrafan, den König Kafid zur selben Stunde mit einem ähnlichen Plan betraute, nur daß es dort gleich fünftausend Reiter waren, die König Tigmus' Lager in der Nacht überfallen sollten. Gegen Mitternacht trafen die feindlichen Stoßtruppen auf halbem Weg aufeinander, und es entbrannte ein erbitterter Kampf, Mann gegen Mann, bis zum Tagesanbruch; Kafids Krieger flohen geschlagen und in wilder Auflösung zurück ins Lager ihres Königs. Kafid wurde bei diesem Anblick fast ohnmächtig vor Zorn und schrie die geflohenen Soldaten an, was es zu bedeuten hätte, daß sie ihre Heerführer verloren und im Stich gelassen hatten. ›O großer König, wir trafen auf halbem Wege auf des Wesir Ain Zars Truppen am Abhang des Wadi Zachran, und bevor wir uns zurechtgefunden hatten, standen wir schon mitten im feindlichen Heer und schlugen erbittert Auge in Auge aufeinander ein bis zum Morgengrauen, mit vielen Toten auf beiden Seiten. Dann fing der Wesir und seine Leute an, unsere Elefanten durch Schreie und wütende Hiebe so in Panik zu versetzen, daß sie in eiliger Kehrtwendung flohen, unsere Reiter niedertrampelten und niemand im Staub mehr den anderen erkennen konnte. Das Blut lief wie ein Sturzbach das Tal herab, und wären wir nicht geflohen, hätte keiner von uns überlebt.‹ Doch der König verfluchte sie und rief: ›Die Sonne möge euch nicht segnen, sondern im Zorn verbrennen.‹ Inzwischen waren auch Ain Zar und seine Krieger zu König Tigmus zurückgekehrt, und nach des Wesirs Bericht beglückwünschte Tigmus ihn zur siegreichen Heimkehr, ließ in seiner Freude die Trommeln rühren und Posaunen den Sieg verkünden und dann die Verluste zählen; zweihundert seiner tapfersten Kämpfer waren gefallen.

Dann aber ließ König Kafid sein ganzes Heer in geordneten Schlachtreihen ins Feld ziehen, fünfzehn Reihen von je zehntausend Reitern unter dem Kommando von dreihundert schlachterprobten Heerführern auf Elefanten. Fahnenträger und Feldzeichen zogen auf, die Trommeln und Hörner ertönten, und die tapfersten Krieger ritten voran in den Kampf. Auch Tigmus ließ seine zehn Schlachtreihen aufstellen, deren jede zehntausend Reiter aufwies, und um ihn scharten sich rechts und links an die hundert der erfahrensten Kämpfer. Nun gab jeder tapfere Ritter seinem Pferd die Sporen, die Heere trafen mit fürchterlichem Schlachtenlärm aufeinander, die weite Erde konnte die Zahl der Kämpfer kaum fassen, und in das ohrenbetäubende Dröhnen der Trommeln

und Becken, Pfeifen und Luren, schmetternden Trompeten und Hufgetrappel mischten sich die Schreie der Krieger. Eine Staubwolke hing wie eine schwere Zeltplane über dem tobenden Kampf, der vom ersten Morgenlicht bis zur anbrechenden Dunkelheit dauerte; da erst trennten sich die gegnerischen Heere und zogen sich ins Lager zurück. Die verfeindeten Könige musterten ihre Truppen, und Kafid ergriff ohnmächtiger Zorn über den schweren Verlust von fünftausend Mann; doch auch Tigmus mußte dreitausend seiner besten Krieger beklagen.
Doch unbeirrt zog König Kafid am nächsten Morgen wieder mit seinem Heer ins Feld; beide Seiten wollten den Sieg entscheiden, Mann für Mann. Da rief Kafid seinen Kriegern zu: ›Gibt es keinen unter meinen Mannen, der uns zeigt, wie man sich mit mächtigem Kampf den Weg zum Sieg bahnt?‹ Und aus den Reihen ritt ein ruhmreicher Krieger hervor, Barkaik mit Namen, der von seinem Elefanten herabsprang, als er beim König war, den Boden küßte und um die Erlaubnis zum Duell der Helden bat. Dann trieb er das mächtige Tier in die Mitte zwischen den Heeren und forderte den Gegner heraus: ›Wer wagt es und will den Strauß mit mir fechten, welcher Rittersmann hat genug Mumm in den Knochen, mir Bescheid zu tun?‹ Als König Tigmus das hörte, rief er in die entstandene Stille: ›Wer von meinen Männern stellt sich diesem Schwertkämpfer allein?‹ Da trat aus den Reihen ein Ritter hervor, schwang sich auf ein riesiges

Roß, das hochaufwiehernd auf den König zusprengte, küßte die Erde vor ihm und bat um die Ehre, es mit Barkaik aufzunehmen. Dann ritt er zu Barkaik, die Gegner maßen sich, der Elefantenkrieger wollte wissen, wer ihn durch die Absicht verhöhne, allein gegen ihn anzureiten, und der Reiter aus Kabul gab sich als Ghandafar der Löwe, Sohn des Kamkil, zu erkennen. ›Ich habe in meinem Land von dir reden hören; auf und kämpfe mit mir zwischen den Reihen der Helden!‹ Das ließ sich Ghandafar nicht zweimal sagen, zog eine mächtige Eisenkeule unter seinem Schenkel hervor und ritt auf Barkaik los, der sein Schwert hob. Der Schwertstreich traf Ghandafars Helm, der die Wucht abfing und aushielt, während Ghandafars Keule Barkaik so fürchterlich auf das Haupt traf, daß er sofort tot war und zermalmt auf dem Rücken des Elefanten lag. Kaum war dies vor den staunenden Männern geschehen, da sprengte ein anderer Krieger aus den Reihen Kafids hervor, der mit dem Ruf ›Wer bist du, daß du es wagst, meinen Bruder zu erschlagen?‹ und Ghandafar einen Speer mit solcher Wucht entgegenschleuderte, daß ihm die Rüstung an der Hüfte an den Leib genagelt wurde. In seinem furchtbaren Schmerz nahm Ghandafar alle Kraft zusammen und traf Barkaiks Bruder mit einem so wuchtigen Schwerthieb, daß der, in zwei Hälften gespalten, in seinem Blut zu Boden sank; der Ritter aus Kabul galoppierte als Sieger zu König Tigmus zurück. Als Kafid seine besten Männer tot am Boden

liegen sah, schrie er voll Zorn seinen Männern zu: ›Auf in die Schlacht mit euch und kämpft, was das Zeug hält.‹ Auch Tigmus feuerte seine Krieger an, und die beiden Heere entbrannten in heftigem Streit. Pferde wieherten auf, Männer schrien im Tumult, Schwerter blitzten, begleitet von dumpfem Getrommel und dem Geschmetter der Bläser, dem Geklirr der Waffen und Kürasse; ein Lärm, der die Tapfersten anspornte und die Feigen vor dem Wurf der Lanze fliehen ließ, bis viele erschlagen dalagen. Der Kampf tobte immer noch weiter, bis die Sonne niedersank und die Könige ihre erschöpften Truppen zurück ins Lager riefen. Diesmal mußte Tigmus den hohen Verlust von fünftausend Mann und vier Standarten in ohnmächtigem Zorn erdulden, und Kafid sechstausend seiner tapfersten Krieger und neun Standarten. Nun ließen die Armeen eine Pause von drei Tagen verstreichen, um ihre Kräfte wiederherzustellen.
Kafid verfiel auf den Gedanken, einen Boten mit einem Brief an seinen Verwandten mütterlicherseits, den König Fakun an-Kalb, um Hilfe zu senden; und sein Verwandter zog sofort seine Truppen zusammen und marschierte mit ihnen zum König von Indien. König Kafid wurde in einer Ruhepause durch einen Späher aufgestört, der ihm erregt berichtete: ›Ich habe in der Ferne eine turmhohe Staubwolke aufwirbeln sehen, die die ganze Anhöhe überdeckt.‹ Ein rasch ausgeschickter Stoßtrupp, der den Grund für die Wolke erkunden sollte, kam bald zurück und

meldete atemlos: ›O König, wir waren nah an der Staubwolke, als ein Wind sie auseinanderblies und sieben Standarten mit je dreitausend Reitern erkennen ließ, die auf Kafids Lager zureiten.‹ Inzwischen hatten König Fakuns frische Truppen den indischen König erreicht, die Verwandten begrüßten einander, und Fakun wollte näheres über den Krieg Kafids wissen. Kafid schilderte ihm in bewegten Worten, wie Tigmus ihm Vater und Brüder erschlagen hatte und er nun Blutrache an seinem ärgsten Feind nehmen wollte. Fakun sprach nur: ›Die Sonne möge dich segnen!‹, worauf der König der Inder seinen neuen Bundesgenossen beglückt in sein Zelt führte. So stand es nun um den Krieg der verfeindeten Könige.
Prinz Janschah hatte inzwischen zwei Monate einsam in seinem Palast verbracht, ohne seinen Vater oder eines der Mädchen, die ihn zerstreuen sollten, zu sich zu lassen. Allmählich aber wurde er immer bedrückter und ruheloser, und er fragte die Diener, was seinem Vater fehle und warum er ihn nie besuchen käme; nachdem er von dem Krieg mit König Kafid gehört hatte, befahl er: ›Bringt mir mein bestes Pferd, ich will meinem Vater beistehen.‹ Sie beeilten sich, ihm zu Willen zu sein, aber er gestand sich ein, daß seine Gedanken zu sehr bei seiner Liebe waren, und daß es besser wäre, nach Jerusalem aufzubrechen, wo ihm mit Allahs Willen vielleicht noch einmal der merkwürdige Kaufmann begegnen könnte, der ihn einst in seine Dienste nahm, um die Juwelen

vom Berg zu holen; wer weiß, ob nicht etwas Gutes dabei herauskäme.
Darum nahm er zum Schein tausend Reiter mit und brach auf, so daß die Leute froh waren und meinten, er wäre endlich unterwegs, um seinem Vater Seite an Seite im Felde beizustehen. Bis zum Sonnenuntergang ritten sie unermüdlich und schlugen dann auf einer großen Wiese das Nachtlager auf. Der Prinz wartete so lange, bis alle seine Männer eingeschlafen waren, erhob sich dann heimlich, gürtete sich für eine lange Reise, führte sein Pferd hinaus und ritt in Richtung Bagdad davon, denn er hatte von den Juden gehört, daß von dort zweimal im Jahr eine Karawane Jerusalem erreichte; und er hoffte, sich einem solchen Reisezug anzuschließen. Als seine Krieger aufwachten und keine Spur vom Prinzen und seinem Pferd fanden, auch nach langem Umherreiten erfolglos blieben, ritten sie zu seinem Vater und erzählten von der Tat des Sohnes. Das machte König Tigmus zugleich maßlos wütend und traurig; er riß sich die Krone vom Haupt, warf sie zu Boden und rief zornbebend aus: ›Es gibt keine Macht und keine Majestät außer in Allah! Meinen Sohn habe ich nun wahrhaft verloren, und noch immer steht mir der Feind ins Haus.‹ Doch die Wesire und Ratgeber mahnten ihn zur Geduld und sprachen: ›Alles Gute kommt zu dem, der warten kann.‹ Der Sohn jedoch, von seiner sehnsüchtig Geliebten getrennt und voller Schuld und Mitleid gegenüber seinem Vater, der ihm auch fehlte,

verbrachte eine schwere Zeit der Prüfung, zerrissenen Herzens, vor Trauer und Tränen blind und ohne Schlaf. Als sein Vater von großen Verlusten seines Heeres hörte, war er des Kämpfens müde, floh vor König Kafid zu seiner Hauptstadt, schloß die Tore und befestigte die Wälle. Doch unablässig verfolgte ihn Kafid, setzte sich vor den Stadttoren fest und berannte die Mauern volle sieben Tage und Nächte, dann erst ließ er ab und kehrte in die Zelte zurück, um seine Verwundeten pflegen zu lassen, während die belagerten Bürger sich so gut es ging verteidigten, die Verteidigungsanlagen ausbesserten und Wurfmaschinen auf die Wälle führten. Der Krieg hörte nicht auf, und so sollte es noch volle sieben Jahre zwischen den beiden Königen weitergehen.

Janschahs Weg führte ihn durch öde Steppen und wilde Wüstentäler, und immer wenn er zu einer der seltenen Ortschaften kam, fragte er nach dem sagenhaften Juwelenschloß Takni, aber niemand konnte ihm Auskunft geben, und immer hieß es: ›Von einem solchen Schloß und selbst dem Namen haben wir noch nie gehört.‹ Schließlich fragte er einen Kaufmann eher zufällig nach Jerusalem, und der sagte ihm, die Stadt liege im äußersten Osten, und meinte dann: ›Komm doch mit unserer Karawane, die noch diesen Monat nach Mizrakan in Indien aufbricht, von dort geht es nach Korasan, dann zur Stadt Schimmum und nach Khwarzim, und von dort ist es noch ein Weg von fünfzehn Monaten bis zur Hauptstadt der Juden.‹ So kam es, daß Janschah sich der Karawane nach Mizrakan und Schimmum anschloß; und überall auf dem weiten Weg, der viele Gefahren und Entbehrungen mit sich brachte und ihn oft großen Hunger und Durst leiden ließ, fragte er vergebens nach dem märchenhaften Schloß Takni. Von Schimmum aus zeigte man ihm den Weg nach Jerusalem, und nach langer Reise kam er zu der Stelle, wo er den Affen das Nachsehen gegeben hatte, und endlich gelangte er an einen großen Fluß und sah die Stadt der Juden am anderen Ufer liegen. Da wartete er bis zum Sabbat, als durch Allahs Ratschluß der Fluß soweit austrocknete, daß er hinübergelangen konnte; und kaum war er innerhalb der Stadtmauern, als er das Haus wieder aufsuchte, wo er beim letzten Mal gastliche Aufnahme fand. Der Jude und seine Familie freuten sich über seine Wiederkehr, bewirteten ihn und fragten, wo er in der Zwischenzeit gewesen sei, worauf er nur antwortete: ›In Allahs Reich.‹

Die Nacht verbrachte er in diesem Hause, dann ging er morgens in der Stadt spazieren, und plötzlich hörte er wieder die Stimme eines Ausrufers, der überall das seltsame Angebot machte: ›Hört, Leute, wer will sich tausend Goldstücke und ein schönes Sklavenmädchen mit nur einem halben Tag Arbeit verdienen?‹ Ohne zu zögern ging Janschah auf ihn zu und erbot sich, die Arbeit zu tun. Der Ausrufer brachte ihn zu dem jüdischen Kaufmann, bei dem er schon einmal gewesen war, ohne daß dieser ihn wiedererkannte. Man bewirtete ihn wie zuvor, führte ihn zum Harem, ließ ihn in Ruhe speisen und gab ihm Geld und das hübsche Sklavenmädchen, mit dem er die Nacht verbrachte. Kaum war der Morgen heraufgedämmert, da brachte er die Dinare und das Mädchen seinem jüdischen Gastfreund zu treuen Händen und ritt dann mit dem Kaufmann fort, bis sie an einen steil aufragenden Berg kamen. Der Kaufmann brachte ein Messer und Stricke zum Vorschein, womit Janschah das Pferd zu Boden werfen, binden und ausweiden sollte; und er ging gründlich zu Werk, band die vier Läufe der Stute mit den Seilen, schlug dem Tier den Kopf und die vier Glieder ab, schlitzte auch auf Geheiß des Juden den Bauch auf, bis dieser ihn aufforderte: ›Nun kriech in den Bauch hinein, damit ich dich einnähe und du mir alles berichtest, was du darin siehst, denn dafür habe ich dich bezahlt.‹ Gesagt, getan, der Kaufmann versteckte sich in gehöriger Entfernung von dem eingenähten Janschah, und nach einer Stunde stieß ein gewaltiger Vogel aus den Wolken herab, packte den Pferdekadaver mit seinen Klauen und schwang sich damit hoch in die Lüfte. Erst auf dem Gipfel des Berges ließ er sich nieder und wollte die Beute verzehren, als Janschah seine Absicht merkte, den Bauch mit dem Messer aufschlitzte und rasch herauskroch. Der Vogel erschrak über seinen Anblick und flog davon; Janschah suchte sich einen Grat, von dem aus er hinunterblicken konnte, bis er den Kaufmann am Fuß des Berges entdeckte, der dort klein wie ein Spatz zu erkennen war. Da rief er so laut er konnte: ›He, Kaufmann, was willst du noch von mir?‹ Von unten kam es: ›Wirf mir einige der Steine herab, die dort oben liegen, dann will ich dir den Weg nach unten zeigen.‹ Darauf hatte Janschah gewartet: ›Du bist der Kerl, der schon vor fünf Jahren versucht hat, mich so böse hereinfallen zu lassen, so daß ich Hunger und Durst, Gefahren und Mühsal gelitten habe; und jetzt hast du mich noch einmal hierhergebracht, um mir den Rest zu geben. Bei Allah, niemals werfe ich dir noch etwas hinunter!‹ Riefs und wandte sich ab und machte sich auf den beschwerlichen Weg zum Scheich Nasr, dem König der Vögel.

Viele Tage und Nächte mußte er sich seinen Weg durch schwieriges Gelände bahnen, verbissen, schweren Herzens und mit Tränen in den Augen; wenn er Hunger bekam, aß er wilde Beeren und Pflanzen, wurde er durstig, trank er Wasser aus dem Fluß und aus Quellen, bis er endlich das Schloß Salomos am Horizont liegen sah und beim Näherkommen Scheich Nasr am Tor sitzend fand. Da lief er erleichtert auf ihn zu, küßte ihm die Hände vor Freude, und der Scheich hieß ihn mit freundlicher Güte willkommen: ›Was fehlt dir, mein Sohn, daß du hierher zurückkehrst, nachdem ich dich damals glücklich mit Prinzessin Schamsa in deine Heimat ziehen sah, mit glänzenden Augen und frohem Herzen?‹ Janschah konnte die Tränen nicht zurückhalten und erzählte alles, in der Abschiedsszene gipfelnd, als die Prinzessin mit den Worten davonflog: ›Wenn du mich lieb hast, komm zu mir ins Edelsteinschloß Takni.‹ Der verwunderte Scheich versicherte ihm bei Allah und Salomo, daß er noch nie von einem solchen Schloß gehört hatte. ›Was soll ich jetzt nur anfangen‹, rief Janschah verzweifelt, ›ich muß vor Liebe und Sehnsucht sterben.‹ Doch Scheich Nasr wußte ihn zu trösten: ›Hab Geduld, bis die Vögel zurückkommen, dann fragen wir sie nach dem Juwelenschloß Takni, und vielleicht wissen sie etwas davon.‹ So fand Janschah seine Ruhe wieder, und kaum im Palast, ging er zu dem verbotenen Zimmer, wo er den See und die drei Mädchen gesehen hatte; dann blieb er eine Weile Gast bei Nasr, bis der Scheich ihm eines Tages mitteilte, daß die Zeit der Vogelankunft dicht bevorstünde. Frohen Gemüts nahm Janschah die Nachricht auf, und als dann ein paar Tage später die Vögel wirklich nach und nach eintrafen, mahnte Scheich Nasr, er solle von ihm die rechten Zauberworte sprechen lernen, und sie traten gemeinsam den Vögeln entgegen. Unter Flügelschlagen und vielfältigem Gezwitscher erlebten sie die Begrüßung der unzähligen Vogelarten, aber auf Scheich Nasrs Frage nach Takni, dem märchenhaften Schloß, wußte keiner der Vögel Rat: ›Nie haben wir von einem solchen Ort gehört.‹ Bei diesen Worten wollte Janschah am liebsten verzagen und verlor das Bewußtsein; da rief Nasr einen gewaltigen Untertanen aus der geflügelten Schar und wies ihn an, den Jüngling zurück in sein Land Kabul zu tragen, das er dem Vogel genau beschrieb. Als er Janschah auf den Vogelrücken gesetzt hatte, mahnte er ihn: ›Bleibe ja gerade sitzen, und neige dich nicht seitwärts zu weit vor, sonst zerreißt dich der Luftdruck, und halte dir gut die Ohren zu, sonst wirst du benommen vom dröhnenden Kreisen der Sphären und dem Tosen des Meers.‹

Janschah beschloß, dem Scheich in allem zu gehorchen, und der Vogel schoß hoch in die Lüfte und flog Tag und Nacht dahin, bis er ihn zu einer Rast bei Schah Badri, dem König der wilden Tiere, absetzte und zugab, sich verflogen zu haben. Als der Vogel mit ihm trotzdem weiterfliegen wollte, bat Janschah: ›Flieg nur zu und laß mich hier zurück; entweder muß ich hier sterben, oder ich finde Schloß Takni; nach Hause will ich nicht mehr.‹ Der König wollte nun alles über ihn und seinen erstaunlichen Vogelflug wissen, und als er von Takni hörte, rief er aus: ›Bei aller Weisheit Salomos, dies Schloß kenne ich nicht. Aber sollte eines meiner wilden Tiere davon gehört haben, werden wir es reich belohnen und mit dir dorthin schicken.‹ Schon wollte Janschah wieder allen Mut verlieren, aber dann faßte er sich in Geduld und blieb bei Schah Badri. Schon nach kurzer Zeit eröffnete ihm dieser, er solle nun die Beschwörungsformeln auf den Zaubertafeln lernen und dann mit ihm die ankommenden Tiere befragen.

Dann mußten sie nicht mehr lange warten, und die

wilden Tiere kamen, eine Sippe nach der anderen, um Schah Badri ihre Aufwartung zu machen; der fragte sie alle nach Takni, dem Zauberschloß, aber sie alle blieben ratlos; keines der Tiere hatte je den Namen gehört. Nun beklagte Janschah sein Geschick und bereute, daß er nicht mit dem Vogel von Scheich Nasr weitergeflogen war. Aber Schah Badri blieb unverdrossen: ›Tröste dich, mein Sohn, uns bleibt noch mein älterer Bruder, König Schimach; er war einst König Salomos Gefangener, weil er gegen ihn rebelliert hatte. Und im ganzen Geisterreich gibt es keinen älteren als ihn und Scheich Nasr; schon möglich, daß er etwas von diesem Schloß Takni weiß. Jedenfalls regiert er sämtliche Geister und Dämonen in meiner Gegend.‹ Mit diesen Worten setzte er Janschah auf den Rücken eines Raubtiers und gab ihm einen Brief an seinen Bruder mit, der ihn seiner Obhut empfahl. Gleich machte sich das wilde Tier auf den Weg und trottete Tag und Nacht voran, bis es König Schimachs Aufenthalt erreicht hatte. Dort blieb es beim Anblick des mächtigen Königs scheu in einiger Entfernung stehen, und Janschah sprang ab und ging den Rest des Wegs auf den König zu, küßte dessen Hände und übergab ihm des Bruders Brief. Doch nachdem der König das Schreiben genau gelesen hatte und den Prinzen willkommen geheißen, rief er aus: ›Nein, mein Sohn, beim allmächtigen Allah, ein solches Schloß ist mir meiner Lebtag noch nicht vorgekommen.‹ Dann wollte er von dem Gast, der die Tränen nicht mehr zurückhalten konnte, dessen ganze Geschichte erfahren; und als Janschah geendet hatte, staunte er und versicherte, selbst König Salomo hätte wohl noch nie von diesem Schloß gehört: ›Doch verzweifle nicht, mehr Sohn, ich kenne einen Einsiedler in den Bergen, der sehr, sehr alt ist und dem alle Vögel, Tiere und Geister gehorchen; denn er hörte nicht auf, die Dämonen-Könige mit mächtigem Zauber in seinen Bann zu schlagen, bis sie sich ihm unterwarfen, ob sie wollten oder nicht; so übermächtig sind seine Beschwörungen. Nun dient ihm alle Kreatur und auch ich, der ich mich einst gegen König Salomo erhob, wurde von diesem Einsiedler als seinem Abgesandten übermannt und gefangen gesetzt, allein kraft seiner Zaubersprüche. Seither bin ich sein Vasall. Er ist überall in der Welt herumgekommen, kennt sich in allen Ländern und Sitten aus, kennt auch alle geheimen Pfade, Schlösser und Städte; ihm blieb gewiß nichts verborgen. Also muß ich dich zu ihm senden, denn er weiß vielleicht etwas von deinem Zauberschloß, und wenn er dir nicht helfen kann, dann kann es keiner. Denn alles gehorcht ihm, selbst Berge fügen sich seinem Zauber.

Einmal hat er durch seine übermächtige Schwarzkunst einen Stab in drei Stücken geschaffen, und wenn er den in die Erde senkt und über das erste Stück seine Beschwörung spricht, kommen daraus Fleisch und Blut hervor, aus dem zweiten Stück süße Milch und aus dem dritten Weizen und Gerste. Am

Ende zieht er seinen Stab wieder aus der Erde hervor und kehrt zu seiner Einsiedelei zurück, die man die Diamanten-Klause nennt. Dieser unglaubliche Zaubermönch kann auch die seltensten Dinge erfinden und künstlich entstehen lassen; eigentlich ist er ein wahrer Hexenmeister, listenreich und gefährlich, ein Erzzauberer der schwarzen Magie. Er heißt Jagmus, und zu ihm werde ich dich auf dem Rücken eines großen Vogels mit vier Flügeln senden, von dem jeder Flügel dreißig Ellen mißt. Der gewaltige Vogel hat Krallen von der Größe eines Elefantenhufs und fliegt nur zweimal im Jahr.‹ Gefüttert wurde das unglaubliche Tier von einem Beamten des Königs, der Timschun hieß, und dessen schwere Aufgabe darin bestand, jeden Tag aus dem Irak zwei große baktrische Kamele kommen zu lassen und für den Vogel zu zerlegen. Diesen Urweltvogel ließ König Schimach Janschah zur Klause des Eremiten Jagmus tragen; und die mächtigen vier Flügel rührten sich Tag und Nacht, bis sie zum Berg der Burgen und der Diamantenklause gelangten. Janschah stieg ab und näherte sich mit Furcht im Herzen dem Zaubermönch, der gerade seine Gebete sprach. Da betrat Janschah die Kapelle, küßte den Boden und stand ehrfürchtig vor dem Einsiedler Jagmus. Der gefürchtete Mann begrüßte Janschah aber ganz freundlich: ›Komm näher, mein Sohn, der du so weit reisen mußtest und von deiner Heimat längst fortgingst. Erzähl mir, was dich herführt.‹

Weinend berichtete Janschah von seiner langen Irrfahrt auf dem Weg zum Juwelenschloß. Der Eremit konnte am Schluß der Erzählung seine Verwunderung nicht verbergen: ›Allah weiß allein, mein Sohn, wo dieses Schloß liegen mag. Denn in meinem langen Leben habe ich weder davon gehört, noch andere davon erzählen hören, selbst nicht zu jenen Zeiten, als Noah, der Prophet Allahs, noch am Leben war; dabei habe ich doch seit dieser längstvergangenen Zeit die Vögel und wilden Tiere und die Geister regiert. Ich glaube, daß nicht einmal Salomo, Davids Sohn, etwas von diesem Schloß wußte. Aber warte, bis meine Vögel, Tiere und Geisterfürsten kommen und ihre Aufwartung machen, dann frage ich sie danach; vielleicht hat doch einer von ihnen wenigstens einen Hinweis, und Allah der Allmächtige sorgt dann für den Rest.‹ So kam es, daß Janschah bei dem Einsiedler blieb, bis der Tag der großen Versammlung herankam, an dem alle Kreatur und die Dämonen ihren Treueeid erneuerten; da fragten Jagmus und sein Gast nach dem sagenhaften Schloß Takni mit seinen Edelsteinen, aber die Antwort blieb die gleiche: ›Wir haben nie dergleichen gesehen oder davon gehört.‹ Darüber verfiel Janschah in einen Zustand absoluter Verzweiflung, doch wie er sich noch vor Allah demütigte und klagte, kam aus großer Höhe ein riesiger schwarzer Vogel herabgeflogen, der sich verspätet hatte und nun Jagmus die Hände küßte. Jagmus fragte noch ein letztes Mal nach Takni, und der Vogel erinnerte sich: ›O Mönch, als ich und meine Brüder einst noch klein und hilflos waren und noch nicht flügge, hatten meine Eltern auf einem Hügel aus reinem Kristall hinter dem Berge Kaf mitten in einer großen Wüste genistet; und Vater und Mutter flogen jeden Morgen fort, um Futter zu holen, und kamen jeden Abend damit zurück. Eines Tages, nachdem sie schon ganz früh weggeflogen waren, kamen sie nicht wie sonst zurück, sondern erst nach acht Tagen, in denen wir schrecklichen Hunger litten. Am achten Tag kamen sie beide endlich angeflogen und weinten vor Erleichterung und Erschütterung über ihre Erlebnisse, denn am Tag ihres Abflugs war ein geflügelter Dämon auf sie herabgestoßen, der sie in seinen Klauen bis zum Schloß Takni mit seinen Juwelen und vor König Schalan brachte, der sie töten lassen wollte. Aber wir erzählten ihm, daß wir unsere junge Brut hilflos und noch nicht flügge zurücklassen mußten; da verschonte er uns und schenkte uns die Freiheit‹; und der Vogel fügte seufzend hinzu: ›Wären meine Eltern doch noch am Leben, sie würden euch mehr über das Schloß erzählen können.‹ Bei diesen Worten fing Janschah erneut bitterlich zu weinen an und bat den Eremiten: ›Ich flehe dich an, laß diesen Vogel mich zum Nest seiner Eltern bringen, zu jenem Kristallhügel hinter dem Berg Kaf.‹ Der Zaubermönch hatte ein Einsehen und befahl dem Vogel, alles zu tun, was der Jüngling von ihm wünschte. Der zögerte nicht lange, nahm Janschah auf seinen schwarzen Rücken und flog Tag und Nacht unermüdlich dahin, bis sie zu dem Kristallhügel kamen und eine Rast einlegten; dann ging es noch zwei Tage weiter, bis der Vogel das alte Nest wiederfand und Janschah absetzte. Der aber bat ihn weinend, noch bis dorthin mit ihm zu fliegen, wo die Eltern immer nach Futter gesucht hatten. Und der Vogel ließ sich erweichen und nahm ihn noch einmal acht Tage auf seinen Rücken, bis sie den hohen Berg Karmus erreichten, und der Vogel Janschah vom Rücken herunterließ: ›Hinter diesem Berg kenne ich kein Land mehr.‹ Und schon hob er sich wieder in die Lüfte, während Janschah todmüde auf dem Gipfel einschlief.

Wer beschreibt sein Erstaunen, als er beim Erwachen aus schwerem Schlaf in dieser öden Gegend etwas in der Ferne blitzen und schimmern sah, das den ganzen Horizont mit Leuchten erfüllte; noch ahnte er nicht, daß es sein sehnsüchtig gesuchtes Schloß war. Aber er stieg vom Berg Karmus herunter und machte sich in Richtung auf das seltsame Leuchten auf den Weg, das von Takni kam, der Edelsteinburg, die noch volle zwei Monate entfernt lag. Als er endlich Einzelheiten unterscheiden konnte, sah er Grundmauern aus rotem Rubin und gleißend goldene Schloßgebäude und tausend Türme aus edlem Metall mit Edelsteinen darin, die aus dem Meer der Finsternis heraufgeholt worden waren. Darum hieß das Schloß Takni, die mächtige Burg der Juwelen, deren Thronherr König Schalan war, der Vater der Prinzessin Schamsa und ihrer Schwestern. Schamsa war, als sie vor langer Zeit Janschah verlassen hatte, auf schnellstem Weg zum elterlichen Schloß zurückgekehrt und hatte alles über sich und den Prinzen erzählt; wie weit er herumgekommen war und wieviel Wunderbares er erlebt hatte, und wie sehr sie sich beide liebten. Aber die Eltern waren der Meinung, sie hätte nicht so an Janschah handeln dürfen und einfach fortfliegen; dies sei nicht gottgewollt. Und der König ließ seine Wachen und seine Beamten aus der Dämonen- und Geisterschar achtgeben, ob sie einen Menschen fänden, den sollten sie sofort zu ihm bringen. Denn Schamsa hatte ihre Abschiedsszene den Eltern genau geschildert: ›Janschah liebt mich über alles und wird sicher zu mir finden, denn als ich vom Dach seines Vaters fortflog, rief ich ihm noch zu: ‚Folge mir nach Takni, dem Edelsteinschloß, wenn du mich liebst.‘

Als Janschah sich nach langer Wanderung dem überirdischen Leuchten und Glitzern näherte, konnte er seine Neugier, was dieser Schein bedeuten mochte, kaum mehr bezähmen. Der Zufall fügte es, daß Schamsa gerade an dem Tag einen geflügelten Dämon in Richtung des Karmus-Gebirges fortgeschickt hatte, der auf seinem Flug dorthin tief unter sich ein Menschenwesen wahrnahm; rasch flog er zu ihm hinab und begrüßte den Sterblichen, den bei seinem Anblick Furcht und Schrecken überkam. Aber Janschah gab doch den Gruß zurück und gestand dem Dämon auf dessen Frage, daß er in sterblicher Liebe zu einer Geisterprinzessin Schamsa entbrannt sei: ›Sie hat mich durch ihre unwirkliche Schönheit und Ausstrahlung unentrinnbar verzaubert, aber obwohl ich sie so geliebt habe, entfloh sie dem Palast, den ich ihr bauen ließ, und nun bin ich, Prinz Janschah, im Bann von Liebe und Sehnsucht hier, um sie zu suchen.‹ Bei diesen Worten konnte er vor unaussprechlichem Leid die Tränen nicht zurückhalten. Der Dämon sah ihn an, und selbst sein Herz brannte mit dem Fremden und dessen trauriger Geschichte, aber er wußte Trost: ›Verzweifle nicht länger, denn das Ziel deiner Sehnsucht ist nahe. Wisse, daß sie dich genauso liebt und ihren Eltern von eurer übergroßen Liebe erzählt hat, und darum sind dir alle in jenem Schloß dort gewogen. Nun sollst du dich freuen und Mut fassen und nicht mehr weinen.‹ Und mit diesen beglückenden Worten nahm er ihn auf seine Schultern und stand im Handumdrehen vor dem Schloß Takni, das Janschah so lange gesucht hatte. In großer Hast brachten die Geister Schamsa und den Eltern die Botschaft, und voller Freude sprengte König Schalan zum Schloßtor hinaus, mit der ganzen Geisterschar im Gefolge, dem Prinzen entgegen. Kaum vom Pferd gesprungen, umarmte er Janschah, der ihm die Hände küßte. Nun mußte der Prinz ein fürstliches Ehrenkleid aus vielfarbiger Seide, Goldstickerei und Juwelen anlegen und eine Krone aufsetzen, wie sie schöner nie gesehen wurde; eine pfeilgeschwinde Araberstute wurde aus dem Gestüt der Geisterkönige vorgeführt, Janschah bestieg das königliche Geschenk, und mit einem immensen Hofstaat zur Rechten und Linken ritten die neuen Verwandten in das Zauberschloß ein. Da konnte Janschah über die Pracht des Gebäudes nur staunen, ließ sein Auge immer wieder die Rubinenwände und Kristallböden entlanggleiten und mußte bei all dem Juwelenglanz, Jaspis und Smaragd, noch einmal weinen, als ihm sein vergangenes Elend in den Sinn kam. Aber König und Königin wischten ihm behutsam die Tränen fort und baten ihn: ›Du darfst jetzt nicht mehr länger trauern und weinen, denn du hast dein Ziel erreicht; also freue dich mit uns, lieber Prinz und Schwiegersohn.‹

Nun führten sie ihn in den Innenhof, wo ein großer Empfang stattfand und Hofdamen, Pagen und schwarze Geistersklaven ihm aufwarteten, während er traumverloren auf seinem Ehrenplatz saß und sein Glück in diesem strahlenden Schloß noch gar nicht recht fassen konnte. Der König hatte inzwischen in seinem Audienzsaal den Thron bestiegen und ließ die Pagen und Sklavenmädchen den Prinzen hereinführen und neben sich Platz nehmen. Nun wurde ein Festbankett aufgefahren, wie es selbst König Tigmus' Sohn noch nie erlebt hatte, man aß und trank nach Herzenslust und wusch dann die Hände. Die Saaltüren öffneten sich und herein kam die Brautmutter, um Janschah mit Worten zu begrüßen, die wie Musik in seinen Ohren klangen: ›Nach langer Mühsal siehst du dich am Ziel deiner Wünsche; nun kann dein Auge nach so langer Ausschau ruhen, und Allah sei Dank, daß er dich am Leben erhielt.‹ Nun wagte es auch Prinzessin Schamsa, an der Hand der Mutter den Saal zu betreten, und mit Gefühlen der Scham, Reue und Verwirrung Janschah die Hände zu küssen; in gehörigem Abstand folgten ihre Schwestern, um dasselbe zu tun. Die Königin ergriff noch einmal das Wort: ›Du weißt, lieber Prinz, wie sehr du uns willkommen bist und wie sehr uns das Tun unserer Tochter leid tut, nun aber verzeih du ihr um unsretwillen.‹ Janschah war von alledem so überwältigt, daß er aufschrie und bewußtlos niedersank und der mitfühlende König ihm Rosenwasser mit Moschus und Zibet ins Gesicht sprengte. Aus seiner Umnachtung erwacht, sah er Prinzessin Schamsa an und sprach wie im Traum: ›Allah sei Dank, daß meine Irrfahrt ein Ende hat und das Feuer in mir erloschen ist.‹ Schamsa wünschte ihm, daß ihn das Feuer für immer schonen möge: ›Aber nun erzähl mir, liebster Janschah, von deinen Abenteuern, seit wir uns getrennt haben, und wie du hierhergefunden hast. Denn mir ist klar geworden, daß selbst von den Geistern nur die wenigsten je von Takni gehört haben und wir von allen Herrschern unabhängig sind, so daß keiner den Weg zu uns kennt.‹ Da erzählte er die ganze lange Irrfahrt mit allen Entbehrungen, Leiden und Abenteuern und auch, wie er den armen Vater, König Tigmus, in seinem Krieg mit König Kafid im Stich lassen mußte: ›Und alles geschah um deinetwillen, meine Herrin und Prinzessin Schamsa.‹ Die Königin tröstete ihn noch einmal mit der Aussicht, Schamsa als seine Dienerin und als Geschenk ohne Gegengabe zu erhalten. Hocherfreut war Janschah mit allem einverstanden, auch als die Königin nun vorschlug, in einem Monat das Hochzeitsfest zu halten und beide dann mit einem Gefolge von tausend so mächtigen Dämonen zu Janschah heimzusenden, daß der Geringste unter ihnen den König Kafid und seine Soldaten auf den Befehl des Prinzen hin im Handumdrehen vernichten würde. Und wenn Janschah es wünsche, könne er jedes Jahr mit dem Besuch einer Geisterschar rechnen, die ihm alle seine Feinde erschlügen bis auf den letzten Mann.

Der König hatte inzwischen schon alles für ein Freudenfest im Schloß und Burgfried veranlaßt, das sieben Tage dauern sollte und die Nacht in dem geschmückten Schloß zum Tage machte. Zwei Monate dauerten allein die Vorbereitungen der Untertanen, dann war es soweit und hatte nicht seinesgleichen. Und Janschah vollzog den Ehebund, und beide lebten noch volle zwei Jahre in ihrem jungen Glück im Schloß des Geisterkönigs. Dann endlich mahnte Janschah seine Prinzessin an das Versprechen des Königs, ihn mit Schamsa heimkehren zu lassen, und von da an jedes Jahr abwechselnd in der Heimat des anderen zu verbringen. Der König hörte noch am selben Abend durch seine Tochter von Janschahs Bitte und war einverstanden; nur bis zum ersten des Monats sollten sie noch Aufschub gewähren, bis er ihre Geistereskorte gerüstet hätte. Als es dann soweit war, ließ König Schalan seine geflügelten Dämonen ein riesiges Thronlager aus rotem Gold aus dem Schloß tragen, mit Perlen und Juwelen und einem Baldachin aus grüner Seide, bestickt mit allen Farben und kostbaren Mineralien, wie es so strahlend noch kein Auge gesehen hatte. Vier der stärksten Dämonen mußten das Thronlager wie einen Zauberteppich aufnehmen und zwischen Himmel und Erde dahin tragen, wo immer das Prinzenpaar es wünschte. Auch dreihundert Dienerinnen für Schamsa und ebensoviele weiße Geistersklaven für Janschah ließ der König auf dem Thronlager Platz nehmen. Schamsa nahm nun Abschied von Mutter, Schwestern und Hofdamen, während König Schalan noch bis Mittag zum Geleit auf dem fliegenden Thronlager blieb, das die vier Dämonen mit ihren gewaltigen Flügeln durch die Lüfte trugen. Dann mußte sich auch der König von seiner Tochter trennen, vertraute sie dem Schutz des Prinzen an, überließ alles weitere seinen Dämonen und kehrte nach bewegtem Abschied in sein Geisterschloß zurück. Zehn Tage flog man noch dahin, an jedem Tag die Strecke von dreißig Monaten bewältigend, bis die sausende Fahrt vor die Hauptstadt von König Tigmus führte, die einer der

Dämonen als die volkreiche Kronstadt Kabuls erkannte, und das Thronlager wurde dort abgesetzt. König Tigmus war nach seiner Niederlage vor der Übermacht der Feinde hierhergeflohen, wo er durch die eisenharte Belagerung des Inderkönigs in große Not geriet. Kein Friedensangebot wollte der auf Vernichtung sinnende Feind annehmen; und da Tigmus keine Vorräte mehr besaß und keine Möglichkeit zu Ausfall oder Rettung mehr erkennen konnte, beschloß er, seinem Leben durch Erdrosseln ein Ende zu bereiten; aus all dem Kummer und Elend schien nur noch der Selbstmord einen Ausweg zu bieten. Darum nahm er Abschied von den Großen des Reichs und betrat den Palast, um auch dort den treuen Dienern Lebewohl zu sagen. Das ganze Reich war in Auflösung vor Trauer und Leid, und während noch alles kummervoll das Ende des Königs erwartete, glitt das Thronlager Janschahs, von Geisterhand getragen, vom Himmel auf die Palastburg nieder, bis es mit allem darauf im Audienzsaal zur Ruhe kam. Als Janschah mit seinen vielen Dienern und Sklaven von der Burg herab das Elend und die Trauer der Stadtbewohner wahrnahm, klagte er Schamsa sein Leid: ›Ach sieh, meines Herzens Liebste, wie tief mein Vater und sein Volk sinken mußten.‹ Da ließ sie voll Mitleid und Zorn die Dämonenschar auf die Belagerer herabfahren, um sie sämtliche Krieger des Feindes erschlagen zu lassen. Janschah rief einen besonders starken und tapferen Dämon mit Namen

Karatasch herbei und befahl ihm, König Kafid in Ketten vor ihn zu bringen. Das Thronlager mit dem Baldachin verhüllend, warteten die Geister bis Mitternacht vor dem Lager der Feinde, dann schlugen sie auf die Truppen von König Kafid los, daß ihnen Hören und Sehen verging, und jeder Dämon tötete mindestens ein Dutzend. Einige Geisterkrieger zerschmetterten ihre Gegner mit eisernen Keulen, andere wieder ließen ihre Zauberelefanten hoch aus der Luft herab den Feind angreifen, indem sie im Hinabfahren die Soldaten in der Luft zerrissen. Und Karatasch traf König Kafid in seinem Zelt auf dem Lager an, riß den vor Angst schreienden Herrscher mit sich in die Lüfte und flog mit ihm zu Janschah; der ließ Kafid durch die vier Dämonen so an das Thronlager binden, daß er den grausamen Vernichtungskampf gegen seine Männer hoch aus der Luft, über seinem Zeltlager zappelnd, mit ansehen mußte. Kafid schwanden die Sinne, nachdem er sich, zwischen Himmel und Erde hängend, vor Furcht und Grauen die Hände vors Gesicht geschlagen hatte.
Auch König Tigmus fiel fast in Ohnmacht, aber vor Freude, als er seinen Sohn wie von Geisterhand vor sich erscheinen sah; in unbeschreiblicher Erleichterung umarmte er, der schon auf der Schwelle ins Jenseits gestanden hatte, seinen verloren gegebenen Sohn unter Freudentränen. Dann konnte Schamsa es kaum erwarten, den König, der noch nichts von dem Schicksal seiner Feinde wußte, zum Palastdach

hinaufzugeleiten: ›Königlicher Vater, sieh dir bitte an, wie die Dämonen meines Vaters deine Feinde vernichten.‹ Da saßen sie lange auf dem Burgsöller und sahen zu, wie die Dämonen mit ihrer furchtbaren Macht die Belagerer zermalmten und kreuz und quer durch ihre Reihen Schneisen des Todes schlugen. Sie wagten kaum, ihren Augen zu trauen, wenn einer der Geisterhelden mit eiserner Keule auf die Elefantenkrieger losschlug, bis der Reiter auf dem Rücken des Tiers zu Brei geschlagen lag, oder ein anderer Dämon mit einem einzigen furchtbaren Schrei den fliehenden Soldaten so das Blut in den Adern erstarren ließ, daß sie tot umfielen, oder ein dritter eine ganze Reiterschar mit Mann und Pferd packte, hoch in die Luft entführte, und wieder zu Boden fallen ließ, wo sie erschlagen und verstümmelt liegen blieben. Der feindliche König hing weinend und zitternd zwischen Himmel und Erde und mußte noch zwei Tage lang mit ansehen, wie seine stolzen Inder bis auf den letzten Mann fielen. Dann ließ Janschah einen Geist namens Schimwal den König Kafid in Ketten und eiserne Fesseln legen und in den gefürchteten schwarzen Turm werfen. Nun endlich hatte Tigmus Zeit, an seine Familie zu denken, und ließ Janschahs Mutter von der glücklichen Wende der Dinge verständigen. Sie war so froh, als sie ihren Sohn wiedersah, daß sie in seinen Armen bewußtlos wurde und erst mit Rosenwasser zu sich kam, aber nicht aufhören wollte, Janschah zu umhalsen und umarmen und dabei zu

weinen vor Glück. Auch Schamsa umarmte sie endlos lange, bis beide Damen sich setzten und sich vergnügt unterhielten.
Nun war es Zeit, das Freudenfest zu feiern, und Tigmus ließ die Stadttore nach der elend langen Belagerung zum ersten Mal wieder öffnen und Kuriere im ganzen Land den Sieg verkünden. Alle seine fürstlichen Vasallen, Emire und Großen des Reichs kamen herbeigeeilt, beglückwünschten Vater und Sohn und brachten die reichsten Geschenke. Schließlich ließ der König noch einmal ein Hochzeitsfest richten, die Stadt schmücken und die Braut vor ihrem glücklichen Prinzen noch einmal entschleiern, und die kostbar gekleidete Schamsa erhielt hundert schöne Sklavenmädchen als Morgengabe von Janschah zu all ihrer Dienerschaft hinzu. Einige Tage danach wandte sich die Prinzessin an König Tigmus und bat um Mitleid für den gefangenen Kafid. ›Sei großmütig, lieber Vater, und laß ihn in sein Land zurückkehren; wenn er je wieder ähnliche Rachepläne schmieden sollte, lasse ich einen meiner Dämonen dazwischenfahren und ihn dir gefangen bringen.‹ Da ließ der König in seinem Glück Milde walten; Schimwal brachte den in Ketten und Eisen gebeugten Erzfeind vor ihn, und der küßte den Staub zu des Siegers Füßen. Tigmus ließ ihm die Ketten abnehmen und mahnte: ›Prinzessin Schamsa hat sich für dich verwendet; aber wenn ich dich nun ungeschoren davonziehen lasse, verfalle ja nicht auf deine

alten Rachepläne, denn die Dämonen der Prinzessin werden dich sofort hierherbringen.‹ Dann mußte der gebrochene König auf eine lahme Stute steigen und seinen bitteren Heimritt antreten. Janschah und Schamsa aber lebten fortan ungestört in ihrem kaum mehr erhofften Glück und gestalteten das Leben im Schloß zur Freude und Zufriedenheit aller.‹

All dies erzählte der Jüngling, zwischen den Gräbern sitzend, unserem Freund Bulukia und schloß bewegt mit den feierlichen Worten: ›Ja, ich bin jener Janschah, dem all dies widerfuhr, mein lieber Bruder Bulukia.‹ Sein Zuhörer, dessen weite Reise einzig der Liebe Mohammeds galt, fragte Janschah nach dem Ausgang seiner Geschichte, die ihn zwischen die Grabmale und zu einem so traurigen Gemütszustand geführt hatte: ›Weißt du, Bulukia, als wir nun in unserem Eheglück jedes Jahr abwechselnd in meiner Heimat und dem Schloß Takni verbrachten, der Juwelenburg, flogen wir immer mit Hilfe der Sänfte, die die Dämonen zwischen Erde und Himmel dahintrugen. Wir schafften die riesige Entfernung in zehn Tagesreisen und legten jeden Tag eine Strecke von dreißig Monaten zurück. Das ging viele glückliche Jahre so, bis wir wieder einmal zum Juwelenschloß wollten und auf dem Weg dorthin auf dieser Insel hier das Thronlager verließen, um zu rasten und uns die schöne Insel anzusehen. Am Flußufer ließen wir uns nieder und aßen und tranken, bis Prinzessin Schamsa Lust bekam, ein Bad zu nehmen, mit ihren Hofdamen die Kleider ablegte und ins Wasser sprang. Sie schwammen und alberten vergnügt im Fluß, während ich am Ufer des Stroms entlang spazierenging; da sah ich zu meinem Entsetzen einen gewaltigen Hai, eines der Meeresuntiere, die in großer Tiefe hausen, auftauchen und die Prinzessin am Bein packen, ohne die anderen Mädchen auch nur zu streifen. Sie schrie nur ein einziges Mal laut nach mir, dann war es um sie geschehen. Ihre Begleiterinnen flohen erst kopflos vor dem Hai aus dem Wasser und zum Zeltlager, dann kehrten sie alle noch wie benommen und tieftraurig zu ihrem Leichnam zurück, hoben sie auf und trugen sie zur Sänfte.

Als ich sie so leblos daliegen sah, wurde mir schwarz vor Augen, und sie mußten mein Gesicht mit Wasser besprengen, damit ich wieder zu mir kam und weinte und weinte. Dann schickte ich die Geister-Begleiter zu ihren Eltern und ihrer königlichen Verwandtschaft, um den traurigen Vorfall zu melden; in ganz kurzer Zeit waren sie hier und wuschen die geliebte Tote und hüllten sie in den Grabschleier. Dann begruben wir sie und trauerten lange. Gerne hätten sie mich zu sich ins Geisterreich geholt, aber ich wollte nur eines von König Schalan: ›Ich bitte dich, laß mir ein Grab neben dem ihren richten, so daß ich neben ihr ruhen kann, wenn ich einmal sterbe.‹ Tief betrübt ließ der König meinen Willen durch seine Dämonen ausführen, dann nahmen wir voneinander Abschied, und sie ließen mich hier allein, um Schamsa bis zu meinem Ende zu betrauern. Und nun verstehst du auch, wie meine weite Reise aus Liebe zu einer Feenprinzessin zwischen diesen Grabhügeln ihr jähes Ziel gefunden hat. Oft fallen mir die Verse ein:

Das Haus ist, seit die Liebste ging, so leer
Und fremd mir alles, was im Bund mit ihr vertraut;
Die Wärme nahmst du fort, ich bleib allein
Am schattenschweren Ort, das Licht verlor den Schein.

BULUKIAS HEIMKEHR

Lange blieb es still, nachdem Janschah geendet hatte, dann seufzte Bulukia und gestand sich ein, daß seine vermeintlich so weite Reise durch die sieben Meere vor den Abenteuern des anderen verblaßten. Nach einer Weile bat er Janschah, ihm einen sicheren Weg nach Hause zu zeigen. Das tat Janschah gern, führte ihn auf den richtigen Weg, und sie nahmen Abschied voneinander.« Nachdem die Schlangenkönigin all dies erzählt hatte, konnte sich Hasib Karim kaum erklären, wie sie alles weitere erfahren haben wollte. »Vor fünfundzwanzig Jahren, lieber Hasib, ergab sich die Gelegenheit, eine meiner größten Schlangen nach Ägypten zu senden; der gab ich einen Brief an Bulukia mit Grüßen mit. Sie machte sich gern auf die Reise, da sie in der Nähe Bulukias eine Tochter wohnen hatte, Bint Schumuk, die Tochter der Stolzen, mit Namen, und sie fragte sich zu Bulukia durch, der den Brief las und die Boten-Schlange bat, ihn zur Schlangenkönigin mitzunehmen. Da nahm sie Bulukia zu ihrer Tochter mit, nahm Abschied von ihr und ließ den Begleiter die Augen schließen. Als er sie wieder öffnete, fand er sich im Felsendom, wo wir jetzt sind. Und die Botin brachte ihn zu einer noch größeren Schlange, nur um von ihr zu erfahren, daß die Königin mit dem ganzen Hofstaat, wie immer im Winter, zum Berge Kaf gezogen war und erst im nächsten Sommer zurückkehren werde. Aber die riesige Schlange war ihre Stellvertreterin und wollte ihm gern jeden Wunsch erfüllen. ›Dann bring mir nur noch bitte jenes Zauberkraut, durch das man weder krank noch alt wird und niemals sterben muß.‹ – ›Das werde ich nicht eher tun, bis du mir alles erzählst, was du seit dem Verlassen der Königin und seit dem Gang mit Affan zum Grab Salomos erlebt hast.‹ So kam es, daß er ihr alle weiteren Reiseabenteuer erzählte, auch das Treffen mit Janschah und dessen Geschichte, und am Ende erneut bat, sie möge ihm die magische Pflanze zeigen, damit er wieder nach Hause käme. Doch die Schlange sagte nur: ›Bei der Weisheit und Tugend Salomos muß ich dir leider sagen, daß ich den Ort nicht kenne.‹ Dann ließ sie die Boten-Schlange Bulukia zurück nach Ägypten bringen, wieder mußte er die Augen schließen, und als er sie öffnete, befand er sich unweit von Kairo, auf dem Berg Mokattam. Als ich vom Berge Kaf zurückkam«, fuhr die Schlangenkönigin fort, »hat meine Stellvertreterin mir alles treulich erzählt, auch Bulukias weitere Abenteuer und Janschahs erstaunliche Liebesgeschichte.« Nun wollte Hasib noch gern wissen, wie es Bulukia bei seinem Versuch ergangen war, nach Ägypten zurückzukehren. Die Königin erzählte alles der Reihe nach, seit dem Abschied von Janschah.

»Als Bulukia viele Tage gewandert war, kam er an das Ufer eines weiten Meers; und wieder half ihm das Zauberkraut, das Wasser zu überqueren, bis er eine Insel fand, auf der die Bäume und Früchte und Quellen so reichlich wie im Paradies blühten und sprudelten. Nach einigem Umherstreifen fiel ihm ein gewaltiger Baum auf, mit Blättern so groß wie Schiffssegel. Dort zog es ihn hin, und er fand unter dem Baum einen reich gedeckten Tisch mit köstlichem Fleisch aller Art; über ihm saß auf einem Ast ein unwirklich schöner Vogel mit einem Gefieder aus Perlen und blattgrünem Smaragd, Krallen aus Silber und einem Schnabel aus rotem Karneol, der mit silberhellem Zwitschern Allah und Mohammed pries. Dem staunenden Reisenden gab er sich als einen der Vögel aus dem Garten Eden zu erkennen, der Adam nicht verließ, als jener von Allah dem Allmächtigen aus dem Paradies vertrieben wurde. ›Und du mußt wissen, daß Allah ihm vier Blätter von den

Bäumen des Paradieses mitgab, mit denen er seine Blöße bedecken sollte, die aber nach einiger Zeit zu Boden fielen. Das erste Blatt fand ein Wurm als Nahrung, und daraus wurde Seide, das zweite fraßen Gazellen, und daraus wurde Moschus, Bienen fanden das dritte und machten Honig daraus, während das vierte der Wind bis nach Indien mitnahm, wodurch die Gewürze entstanden. Mein Dasein verlief eine Zeitlang in rastlosem Vogelflug, bis Allah mir diesen schönen Garten zuwies und ich hier mein Nest baute. Jeden Freitag pilgern die Heiligen und Fürsten zwischen Nachteinbruch und Morgengrauen zum Gebet hierher und teilen das Mahl auf diesem reichgedeckten Tisch, bis ein Wunder die Tafel zum Himmel aufhebt; auch die Speisen bleiben immer frisch.‹ Da aß Bulukia nach Herzenslust von all dem köstlichen Fleisch und dankte dem großen Schöpfer. Unversehens war er nicht mehr allein, denn der große Glaubensgründer Al-Khidr näherte sich der Tafel, und Bulukia wollte sich bei seinem strahlenden Anblick nach ehrfürchtigem Gruß zurückziehen, als ihn der Zaubervogel zum Bleiben ermutigte. Al-Khidr fragte ihn freundlich nach seinem Namen und seiner Geschichte, und er ließ sich nicht lange bitten; am Schluß seines phantastischen Reiseberichts fragte er, wie weit es nach Kairo wäre. ›Fünfundneunzig Jahre entfernt‹, gab der Prophet ihm die niederschmetternde Auskunft. Bulukia brach in Tränen aus, warf sich vor Al-Khidr zu Boden, küßte ihm die Füße und bat ihn flehentlich: ›Wenn mich einer aus meiner verzweifelten Irrfahrt erlösen kann, dann bist du es, um Allahs willen; ich fühle mich mehr tot als lebendig und weiß mir nicht mehr zu helfen.‹ Da riet ihm der gütige Prophet, Allah zu bitten, daß er ihn nach Kairo bringen dürfe, ehe er vor Heimweh umkommen müsse. Bulukia betete mit aller Kraft, die er noch aufbrachte, und weinte und bat so demütig um seine Rettung, daß Allah sich erbarmte und Al-Khidr in einer Eingebung aufforderte, Bulukia zu den Seinen zurückzubringen. Da sprach der Prophet: ›Erhebe dein Haupt, denn Allah hat dich erhört und läßt mich tun, worum du gebetet hast; halte dich mit beiden Armen an mir fest und schließe die Augen.‹ Der Prinz folgte in allem seinen Anweisungen, und Al-Khidr machte einen einzigen Schritt vorwärts, bat ihn dann, die Augen zu öffnen, und Bulukia stand fassungslos vor der Tür seines Palastes in Kairo. Überglücklich wandte er sich um und wollte Al-Khidr danken, aber der Vorplatz war gänzlich leer und von seinem legendären Retter keine Spur mehr zu sehen.

Man kann sich gut vorstellen, mit welchen Gefühlen er nun den Palast betrat. Als seine Mutter ihn sah, schrie sie auf und fiel vor übergroßer Freude in Ohnmacht, und man mußte ihr Gesicht mit Wasser besprengen. Erst allmählich kam sie wieder zu sich und umarmte weinend ihren Sohn, der selber abwechselnd weinte und lachte. Dann hatte sich seine Rückkehr wie ein Lauffeuer herumgesprochen, und alle Freunde und Verwandten eilten herbei, brachten Geschenke und beglückwünschten ihn zu seiner gesunden Rückkehr, die keiner mehr für möglich gehalten hatte. Die Trommeln wurden geschlagen, die Pfeifen geblasen und die Rückkehr des verlorenen Sohnes zu einem Freudenfest. Dann mußte Bulukia alles erzählen, bis zur wunderbaren Rettung durch Al-Khidr, der ihn mit einem Schritt vor dem eigenen Palasttor abgesetzt hatte. Alle waren verwundert und ergriffen, und die Freudentränen flossen, bis alles Volk müde war und froh nach Hause ging.«

DAS ENDE DER SCHLANGENKÖNIGIN

Hasib hatte alles mit sichtbarer Bewegung in sich aufgenommen, an manchen Stellen auch geweint; Bulukias Heimkehr ließ ihn nun um so beharrlicher um die eigene Rückkehr zu seiner Familie bitten; und noch einmal klagte die Schlangenkönigin: »Ich fürchte so sehr, lieber Hasib, daß du, einmal in dein Land zurückgekehrt, deinen Schwur brechen und ein Bad betreten wirst.« Aber Hasib schwor ihr noch einen heiligen Eid, sein Leben lang kein Hammam aufzusuchen, und nun endlich ließ sie ihn ziehen und von einer Schlange zur Erdoberfläche zurückbringen. Die Schlange brachte ihn durch labyrinthische Gänge und viele unterirdische Plätze zurück zum

Rand einer verlassenen Zisterne, wo sie ihn verließ. Da fand er sich wieder zurecht, schlug den Waldweg zur Stadt ein und war mit dem letzten Licht an der Schwelle seines Hauses. Seine Mutter öffnete und schrie auf, konnte kaum fassen, daß er es war, warf sich ihm in die Arme und weinte überglücklich; durch die Tränen und den Freudenlärm war auch Hasibs Frau aufmerksam geworden, und kaum sah sie den vermißten Gatten, umarmte sie ihn und küßte ihm die Hände vor Wiedersehensglück. Dann gingen sie vergnügt ins Haus und setzten sich und erzählten, bis Hasib seine Mutter nach den schurkischen Holzfällern fragte, die ihn einst in der Zisterne dem Hungertod überlassen hatten. »Stell dir vor, sie haben einfach behauptet, ein Wolf hätte dich im Tal zerrissen, und sie sind als Kaufleute dick und fett geworden, haben Häuser und Läden gekauft, und die Welt steht ihnen offen. Wenigstens kommen sie seitdem jeden Tag vorbei und bringen mir Essen und Trinken, das tun sie auch heute noch.« Hasib dachte nach und riet ihr dann: »Morgen gehst du hin und erzählst ihnen, dein Sohn Hasib Karim sei von seiner Reise zurückgekehrt, er würde sie gern hier begrüßen, darum sollten sie nur kommen. Die Gesichter möchte ich sehen!« Als der Morgen heraufzog, ging sie zur Wohnung der Holzfäller und richtete alles aus, wie der Sohn ihr geraten hatte; als sie das hörten, wurden sie ganz blaß und meinten nur ratlos: »Wir werden seinem Wunsch entsprechen.« Als sie sich soweit gefaßt

hatten, gab jeder ihr noch ein reich mit Gold besticktes seidenes Festkleid für den Sohn mit, und alle baten: »Gib deinem lieben Sohn dies Geschenk und sag ihm, daß wir morgen kommen werden.« Sie war einverstanden und brachte Hasib Kleider und Botschaft. Die Holzfäller hatten inzwischen nichts Eiligeres zu tun, als ein großes Treffen unter den Kaufleuten anzuberaumen; nachdem sie allen den Hergang mit Hasib und der Zisterne erzählt hatten, baten sie um einen guten Rat. Die Kaufleute zögerten nicht lange: »Jeder von euch muß ihm seinen halben Besitz und seine halbe Dienerschaft abtreten.« Auch den Holzfällern schien dies angemessen, und so wurde alles in die Wege geleitet und am nächsten Tag Hasib übergeben; mit einem ehrerbietigen Gruß, und ihm dabei die Hände küssend, legten sie alles vor ihn hin und sprachen: »Das gehört dir, und auch wir sind in deiner Hand.« Da nahm er ihre Friedensgeste an und fand die richtigen Worte: »Laßt uns nicht mehr über das Vergangene rechten, das von Allah so gewollt war; das Schicksal findet einen Ausgleich für allzu böse List.« Erleichtert wollten sie ihn gleich in die Stadt und ins Badehaus mitnehmen, aber Hasib lehnte entschieden ab; er erzählte ihnen von seinem Schwur, in seinem Leben das Hammam nicht mehr zu betreten. Da luden sie ihn eine ganze Woche in ihre verschiedenen Häuser ein und feierten mit großem Aufwand Hasibs glückliche Rückkehr.
Hasib war nun ein sehr wohlhabender Mann gewor-

den, dem Häuser und Läden gehörten und dessen Rat die Kaufleute der Stadt gerne hörten; er erzählte ihnen nach und nach auch von allen seinen Abenteuern, und sie machten ihn zu einem der Ratsmitglieder der Gilde. So lebte er eine Zeitlang zufrieden und angesehen, als er eines Tages auf einem Spaziergang in der Stadt an der Tür eines Hammam vorbeikam, das einem guten Freund gehörte. Der Besitzer des Bades hatte ihn kaum gesehen, als er auf ihn zulief, ihn begrüßte und umarmte und ihn einzutreten bat, um seine Gastfreundschaft beweisen zu können. Hasib blieb standhaft und erzählte von seinem feierlichen Eid, aber der beredte Badbesitzer ließ nicht locker: »Eher soll ich von meinen drei Frauen geschieden sein, als daß ich dich ungewaschen an meinem Bad vorbeigehen lasse!« Hasib fragte ihn erschreckt, ob er ihn denn ganz verderben wolle, aber der Freund warf sich ihm zu Füßen, sein ganzes Glück hinge an Hasibs Gunst. Schon kamen die Diener herbeigeeilt und halfen, Hasib ins Bad hineinzuziehen und zu entkleiden. Und so kam alles, wie es kommen sollte, denn kaum saß Hasib auf der Bank und fing an, sich Wasser auf das Haupt zu gießen, als eine ganze Horde von Männern auf ihn zulief und ihn aufforderte: »Steht auf, Herr, und kommt mit uns zum Sultan, denn Ihr seid in seiner Schuld.« Und sie schickten gleich einen Boten zum Minister des Sultans, der sogleich hoch zu Roß und mit ein paar Dutzend Mameluken vor das Bad geritten kam, dort abstieg und Hasib mit einem ehrerbietigen Gruß willkommen hieß; dem Badebesitzer gab er einen fürstlichen Lohn von hundert Dinar, ließ Hasib auf ein mitgebrachtes Pferd aufsitzen, und schon ging's in eiligem Ritt zum Palast des Sultans. Dort bat der Wesir Hasib, abzusitzen, bewirtete ihn großzügig und gab ihm nach dem Essen zwei kostbare Ehrenkleider, jedes mehr als fünftausend Dinar wert, bevor er ihm alles erklärte: »Allah sei Dank, daß er dich uns gesandt hat; denn der Sultan liegt im Sterben am Aussatz, und es steht geschrieben, daß du uns als einziger helfen kannst.«

Dann führte der Wesir den staunenden Gast in Begleitung einer Schar von Würdenträgern durch sieben Säulengänge des Palastes zum Schlafgemach des Königs. Dieser König Karazdan war Herrscher über ganz Persien und die Sieben Lande und gebot über hundert Fürsten, deren Macht sie berechtigte, auf rotgoldenen Thronen zu sitzen, und weitere zehntausend tapfere Heerführer, mit je hundert Lehensrittern, denen weitere hundert Krieger mit Schwert und Streitaxt zur Seite standen. Man fand den König auf seinem Bett liegend, das Gesicht von einem Tuch verhüllt, wie er sich stöhnend vor Schmerz auf seinem Lager wälzte. Von all dem Glanz und der Macht des Hofstaats war Hasib so benommen, daß er voll tiefer Ehrfurcht den Boden vor dem Lager des Königs küßte und um einen Segen für seine Gesundung betete. Dann erhob sich der Großwesir

Schamur, hieß den Gast willkommen und sich auf einen Ehrenplatz zur Rechten des Königs setzen. Die Speisen wurden aufgetragen, und als man nach dem Mahl die Hände gewaschen hatte, erhob sich Schamur und mit ihm der ganze Hofstaat und führte Hasib zum königlichen Lager, indem er ihm für die Heilung des Herrschers alles anbot, was sein Herz begehrte, und sei es das halbe Königreich. Hasib hob das Tuch vom Gesicht des Königs und sah betrübt, daß jener sich im letzten tödlichen Stadium der Krankheit befand, und konnte sich eine Heilung nicht vorstellen. Doch der Wesir küßte seine Hand, erneuerte sein Angebot und schloß mit den Worten: »Alles, was du zu tun brauchst, ist, unseren König zu heilen.« Hasib schreckte vor so hoher Verantwortung zurück, erklärte dem Großwesir, daß er von der Weisheit seines Vaters, des Propheten Daniel, nichts geerbt, die dreißig Tage Medizinausbildung verschlafen habe und nichts von Ärztekunst verstünde. Doch der Wesir wollte nichts davon hören: »Du verschwendest nur deine Worte, denn uns wurde geweissagt, daß es sinnlos wäre, die Ärzte aus aller Herren Länder herbeizurufen; nur einer kann den König heilen, und das bist du.« Hasib sank das Herz, aber alles Beteuern, daß er kein Mittel wüßte, ja nicht einmal die genaue Krankheit des Königs erkennen könne, half nichts. Der Minister wurde zu seinem Schrecken sehr deutlich: »Du kennst das Heilmittel sehr wohl; es ist die Schlangenkönigin, und du weißt, wo sie sich auf-

hält, denn du warst bei ihr.« Nun fiel es Hasib wie Schuppen von den Augen, daß alles von seinem Besuch im Bad herrührte, und er bereute zutiefst, doch vergebens; auch alles Leugnen seines Wissens um die Schlangenkönigin wollte nichts helfen, denn der Großwesir behauptete mit großer Sicherheit, er sei zwei Jahre bei ihr gewesen, und holte zum Beweis ein Magier-Buch hervor, in dem er nachschlug und lange hin und her berechnete, bevor er triumphierend verkündete: »Die Schlangenkönigin wird mit einem Mann zusammentreffen, der zwei Jahre bei ihr bleibt; dann wird er sie verlassen und zur Erde zurückkehren, und wenn er zum ersten Mal ein Bad betritt, wird sein Bauch schwarz werden. Nun sieh dir deinen Bauch genau an!« Der bestürzte Hasib sah tatsächlich, daß sein Bauch ganz schwarz geworden war, aber er behauptete, dies sei seit seiner Geburt so gewesen. Doch unbeirrt fuhr der Wesir fort, man habe in allen Bädern des Landes drei Mameluken wachen lassen, ob nicht ein Badegast einen schwarzen Bauch aufweise, und als man schon aufgeben wollte, hätten sie bei Hasib das ersehnte Merkmal entdeckt: »Alles, was wir von dir wissen wollen, ist der Ort, wo du wieder zur Erdoberfläche zurückgekehrt bist, dann lassen wir dich gerne deines Weges ziehen; denn wir haben Leute, die die Schlangenkönigin fangen und hierherbringen können.«
Darauf drängten sich auch alle anderen Wesire und Emire und Würdenträger um Hasib, der von heftiger

Reue erfaßt war; alles redete auf ihn ein und beschwor ihn, den Aufenthalt der Königin preiszugeben, doch er blieb standhaft: »Ich habe sie nie gesehen und weiß nicht, wovon ihr redet.« Der Großwesir verlor die Geduld und ließ den Henker rufen; der riß Hasib die Kleider vom Leib und schlug ihn mit seinen Helfershelfern so lange und grausam, bis er den Tod vor Augen sah vor schrecklichen Schmerzen und der unerbittliche Wesir noch einmal anfing: »Wir haben Beweise, daß du weißt, wo die Schlangenkönigin sich aufhält, was nützt dir das Leugnen? Zeig uns den Ort, wo du herauskamst, dann bist du frei. Für den Rest sorgen wir schon, und dir soll kein Haar mehr gekrümmt werden.« Dann half er ihm selbst vom Boden auf, ließ ihm ein Ehrenkleid aus rotem Goldbrokat, bestickt mit Edelsteinen, geben und sprach so lange ernsthaft und freundlich auf ihn ein, bis Hasib nachgab und versprach: »Ich will euch den Aufenthaltsort zeigen.« Das ließ sich der Großwesir nicht zweimal sagen, triumphierend schwang er sich aufs Pferd und ritt mit großem Gefolge, geführt von Hasib, in vollem Galopp in den Wald, bis sie zu der Berghöhle kamen, in der die Honig-Zisterne war. Alle saßen ab und folgten Hasib, der sie, abwechselnd seufzend und weinend, zu dem Brunnen führte, aus dem er wieder heraufgekommen war; und gleich ging der Großwesir ans Werk, denn er war ein großer Zauberer und in allen schwarzen Künsten bewandert, setzte sich hin, warf Weihrauch auf einen Räuchertiegel und murmelte unaufhörlich Zaubersprüche und Beschwörungen. Nach drei verschiedenen, mehrfach wiederholten Zauberformeln, zwischen denen er immer wieder Weihrauch ins Feuer streute, rief er mit lauter Stimme: »Komm hervor, o Königin der Schlangen!« Da sank vor den staunenden Blicken des Gefolges der Wasserspiegel des Brunnens, ein großes Tor öffnete sich innen, und ein mächtiger Schrei drang daraus hervor wie Donnerhall, so daß viele glaubten, der Brunnen sei eingestürzt, alles stürzte zu Boden, einige wurden ohnmächtig; und der Schrei war so furchtbar, daß einigen vor Angst das Herz stehenblieb. Aus dem Brunnen kam mit einem Mal eine riesige Schlange hervorgekrochen, groß wie ein Elefant, aus deren Augen und Rachen Funken von der Größe rotglühender Kohlen sprühten; auf ihrem Rücken lag eine rotgoldene Schale mit eingelegten Perlen und Juwelen, auf deren Mitte eine Schlange lag, von der ein solcher Glanz ausging, daß die Höhle davon hell erstrahlte. Ihr Antlitz war schön und jung, und sie sprach mit wohlgesetzten Worten und einer feinen, gut hörbaren Stimme, nachdem sie sich nach allen Seiten umgesehen und Hasib entdeckt hatte: »Was ist nun der Bund wert, den du mit mir geschlossen hast, und der heilige Eid, daß du nie wieder ein Hammam betreten würdest? Aber gegen das Schicksal ist niemand gefeit, und vergebens flieht jedes Wesen vor der Schrift, die ihm auf der Stirn geschrieben steht. Allah hat mir bestimmt, durch deine Hand zu sterben, und es ist sein Wille, daß ich für König Karazdans Heilung mein Leben lassen soll.« Sprach's und weinte bitterlich, und Hasib weinte mit ihr. Doch der grausame Wesir Schamur streckte ungerührt seine Hand nach ihr aus und wollte sie ergreifen. Da drohte sie: »Wage es nicht, Verfluchter, mich anzufassen, denn ein Anhauch von mir genügt, und du bist nichts als ein Häuflein schwarzer Asche.« Und sie rief Hasib herbei, wies ihn an, sie in seinen Armen zu der Schüssel zu tragen, die man mitgebracht hatte, und die Schüssel auf dem Kopf zu tragen: »Denn mein Tod ist von Anbeginn so bestimmt, daß ich durch dich sterben muß, und auch du kannst das Geschick nicht abwenden.« Schweren Herzens tat er, wie sie befohlen hatte, legte sie in die Schüssel und hob sie auf sein Haupt, worauf der Brunnen auf einmal wieder so war wie am Anfang, als sei nie etwas so Magisches daraus ans Licht gestiegen. Dann machte sich Schamurs Gefolge zur Stadt auf, Hasib mitten unter ihnen mit seiner kostbaren Fracht, als die Schlangenkönigin ihm nach der Hälfte des Wegs heimlich zuflüsterte: »Hör auf meinen gütigen Rat, auch wenn du es mit deinem gebrochenen Versprechen nicht verdient hast, Hasib, denn es war immer so bestimmt.« Als er ihr in allem zu folgen versprochen hatte, riet sie ihm: »Wenn du zum Haus des Großwesirs kommst, wird er dich bitten, mich zu köpfen und in drei Teile zu schneiden, dann mußt du dich weigern und behaupten, daß du nichts vom Schlachten verstehst, und ihm die Tat überlassen, mit der er seinen bösen Willen ausführen will. Wenn er meine Kehle durchschnitten und mich dreigeteilt hat, wird ein Bote des Königs auftreten und ihn zu Karazdan bitten. Darauf wird er mein Fleisch in einem Messingkessel auf eine Feuerstelle setzen und dir auftragen, in seiner Abwesenheit das Feuer zu schüren, bis der Schaum von dem Fleisch aufsteigt. Er wird dir befehlen, den ersten Schaum in ein Fläschchen zu tun und ihn nach dem Abkühlen zu trinken, damit du angeblich nie wieder Krankheiten oder Schmerzen haben wirst. Inzwischen sollst du ihm aber ein Fläschchen mit dem zweiten Schaum aufbewahren, das er nach seiner Rückkehr trinken will, um sein krankes Rückgrat zu kurieren. Wenn er dir die Fläschchen gegeben hat und auf dem Weg zum König ist, zünde das Feuer an, verfahre aber genau umgekehrt. Den ersten Schaum trinke ja nicht, sonst wird es dir übel ergehen; vielmehr bewahre ihn für den Großwesir auf, und laß ihn davon bei seiner Rückkehr trinken; da wirst du dein blaues Wunder erleben! Den zweiten Schaum mußt du sorgsam in das zweite Fläschchen abfüllen und sofort trinken, wenn er abgekühlt ist, damit wird dir alle Weisheit auf Erden zuteil. Mein Fleisch mußt du dann in einer Messingpfanne zum König tragen und ihn davon essen lassen; wenn er alles gegessen hat, bedecke sein Gesicht mit einem Tuch und warte bis zum nächsten Mittag, bis alles verdaut ist, dann gib ihm Wein, und er wird durch Allahs Güte wieder ganz genesen. Nun gib acht, daß du alles richtig machst und mein letzter Rat dir zum Segen wird.«

Schweren Herzens nahmen sie voneinander Abschied, und alles geschah, wie die Schlangenkönigin es gewollt hatte. Der grausame Wesir lachte nur, als Hasib beim Schlachten der Schlange nicht zusehen konnte und weinte: »Wie kannst du Tropf weinen, wenn ein Wurm getötet wird.« Als er dann mit einem Boten zum König mußte, vertauschte Hasib die Fläschchen, und der Großwesir war bei seiner Rückkehr begierig darauf, zu erfahren, ob er denn noch nichts im Leibe spüre, wo er doch soeben den ersten Schaum getrunken hätte. Hasib log geschickt: »Ich fühle ein Brennen im Leib, als stünde ich von Kopf bis Fuß in Flammen.« Der böse Großwesir ließ sich seine wahren Pläne nicht anmerken und verlangte nach dem Fläschchen mit dem zweiten Schaum. Kaum hatte er das vertauschte Fläschchen getrunken, als es ihm auch schon aus der Hand fiel und er, fürchterlich angeschwollen, tot zu Boden stürzte. Nun wußte Hasib, wie es ihm selbst hätte ergehen sollen, und er brauchte seinen ganzen Mut, um der Mahnung der Schlangenkönigin zu folgen und das zweite Fläschchen zu leeren. Aber dann kam ihm der Gedanke zu Hilfe, daß der Großwesir den zweiten Schaum sicher nicht für sich gewollt hätte, wenn etwas Schädliches darin gewesen wäre. So setzte er sein Vertrauen in Allah und die Schlangenkönigin

und trank das Fläschchen leer. Kaum hatte er das getan, als der Erhabene und Höchste die Wasser der Weisheit in seinem Herzen hochsteigen ließ und die Quellen der Erkenntnis öffnete; ein nie gekanntes Glücksgefühl überkam ihn.
Dann nahm er das Fleisch der Schlange vom Kessel und brachte es auf einer Pfanne zum König. Schon als er das Haus des Großwesirs verlassen wollte, hatte er, als er zum Himmel aufblickte, eine Vision aller sieben Himmel bis hin zum Lotusbaum neben des Höchsten Thron, erkannte die Kräfte im Kreisen der Sphären und die Bewegungen der Planeten und der Fixsterne. Die Konturen der Länder und Meere lagen ganz klar vor ihm, und mit ihnen kam das Wissen um Geometrie, Astrologie und Astronomie bis hin zur Mathematik und den Geheimnissen von Sonnen- und Mondfinsternis. Sein Blick zu Boden durchdrang die Eigenschaften der Pflanzen und Mineralien bis ins Erdinnere, und dadurch erschloß sich ihm auch die Heilkunst, Chemie, natürliche Magie und das Geheimnis des Gold- und Silbermachens. Während alledem war er mit dem Schlangenfleisch zum Palast Karazdans gelangt, betrat das königliche Gemach, küßte den Boden zu Füßen des Herrschers und sprach: »Möge dein Leben noch lange dauern und nicht jäh enden, wie das deines Großwesirs Schamur.« Der König ergrimmte gewaltig über den Verlust seines ersten Beraters und weinte im Kreis seiner erschütterten Emire und Würdenträger. Das

Erstaunen des Königs über den eben noch gesund von ihm Gegangenen wurde durch Hasibs Erzählung der Wahrheit kaum gemindert, doch seine Ratlosigkeit und Betrübnis schwanden, als Hasib ihm gänzliche Heilung in den drei nächsten Tagen versprach. Erleichtert rief er aus: »Ich möchte so gern von dieser schweren Prüfung befreit werden, auch wenn die Heilung Jahre dauert.« Nun tat Hasib alles bis ins Kleinste, wie die Schlangenkönigin geraten hatte, und nach drei Tagen und dem Genuß aller drei Teile der Schlange begann die Haut des Königs zu schrumpfen und sich abzuschälen, während er schwitzte, daß ihm das Wasser nur so herablief. Hasib sah, daß die Krankheit den Körper verlassen hatte, führte ihn ins Bad und ließ ihn waschen; als der König wieder herauskam, war sein Leib rein wie ein silberner Stab, und er fühlte sich gesünder, als er es je zuvor gewesen war.

Nun legte König Karazdan seine kostbarsten Gewänder an, bestieg feierlich den Thron und hieß Hasib an seiner Seite Platz nehmen. Er ließ zur Feier seiner Gesundung ein festliches Mahl richten, man aß und trank, und alle Großen des Reichs kamen herbei, um den König zu seiner Genesung zu beglückwünschen; die Freudentrommeln wurden gerührt und die Stadt festlich wie noch nie geschmückt. Dann sprach der König zu seinem versammelten Hofstaat von seiner wunderbaren Heilung von der tödlichen Krankheit durch Hasib Karim al-Din, den er zum neuen Großwesir an Schamurs Statt erwählte: »Wer ihn liebt, liebt mich, ehrt mich in ihm und gehorcht ihm an meiner Statt.« – »Wir hören und gehorchen«, riefen alle Emire, Heerführer und Großen des Reichs und eilten herbei, um Hasib die Hand zu küssen und ihm zu seinen neuen Ämtern als Großwesir zu gratulieren. Ein prächtiges Ehrengewand aus Goldbrokat, bestickt mit Juwelen und Perlen, deren keiner unter fünftausend Goldstücke wert war, dreihundert Mameluken und Konkubinen, mondgleich in ihrer Schönheit, dreihundert abessinische Sklavenmädchen und fünfhundert mit Schätzen beladene Maultiere wurden ihm vom dankbaren König geschenkt. In sein vom König eigens ausgesuchtes Haus hielt er fürstlichen Einzug, empfing den Hofstaat und dessen viele, auf Geheiß des Königs gebrachten Geschenke, und alles warb um seine Gunst.

Als seine Mutter und seine Familie von diesem unverhofften Glanz erfuhren, waren sie überglücklich und kamen zu seinem neuen Haus, gefolgt von seinen einstigen Arbeitsgesellen, den Holzfällern, um ihm zu gratulieren und sich mit ihm zu freuen. Auch der Besitz des verstorbenen Großwesirs Schamur fiel ihm zu und vermehrte seinen neuen Reichtum. So kam es, daß aus einem unwissenden Tropf, der nicht einmal lesen gelernt hatte, durch Allahs höchsten Willen ein umfassend gebildeter Gelehrter wurde, so weise und klug, daß der Ruhm seiner Gelehrsamkeit in allen Wissenschaften weit über das eigene Land hinausdrang. Unerschöpflich wie ein Ozean war sein Einblick in die Medizin und Astronomie, Geometrie und Astrologie, Alchemie und natürliche Magie, Geisterkunde und Kabbala, von den anderen Geistes- und Naturwissenschaften ganz zu schweigen.

Eines Tages fragte er seine Mutter: »Mein eigener Vater Daniel war doch auch ein überragender Gelehrter; was hat er mir denn an Büchern und Weisheiten hinterlassen?« Da holte die Mutter jene fünf Blätter aus der Truhe hervor, die als einziges von der Bibliothek aus dem Schiffbruch gerettet worden waren, und reichte sie ihm mit den Worten: »Diese fünf einzelnen Blätter sind alles, was dein Vater dir vermacht hat.« Doch bei allem Interesse, mit dem er sich über die Lektüre hermachte, konnte er nur erkennen, daß es Fragmente waren. Nach dem Rest gefragt, erzählte ihm die Mutter, wie alles gekommen war, und wie ihr Gemahl ihr mit nur diesem Rest seiner Bibliothek von Allah heil aus dem Schiffbruch zurückgegeben worden war; daß er der schwangeren Frau einen Sohn prophezeite und sie bat, diese symbolischen Fragmente als einziges Erbe zu übergeben. Hasib, der nun der größte Gelehrte seiner Zeit geworden war, verstand die Geste seines Vaters und lebte glücklich in der Erfüllung der frühen Prophezeiungen und der Hoffnungen seiner Eltern; er genoß zufrieden das Leben und sein tiefes Wissen um die Dinge, bis er von Jenem heimgesucht wurde, der alle Freundschaften trennt und allen Freuden ein Ende macht.

DIE ERZÄHLUNG DES JÜDISCHEN ARZTES

Etwas ganz Unglaubliches ist mir einmal passiert, als ich noch jung war. Ich studierte damals im syrischen Damaskus Medizin, und als ich eines Tages über den Büchern zu Hause saß, kam ein Mameluk aus dem Haushalt des Sahib und bat mich, mir seinen Herrn anzusehen. Darauf folgte ich ihm zum Haus des Statthalters, und als ich in die große Halle trat, sah ich am anderen Ende eine Liege aus goldbelegtem Zedernholz; darauf lag bleich und kraftlos ein junger Mann, der aber immer noch blendend aussah, besser als alle Männer, die ich kenne. Ich setzte mich ans Kopfende und fing an, für seine Genesung und das rechte Heilmittel zu beten; dann, auf einen Wink seiner Augen hin, ergriff ich das Wort: »Laßt mich Eure Hand sehen, hoher Herr, ich will hoffen, daß es nicht schlimm ist!« Darauf hielt er mir zu meinem Erstaunen nur die linke Hand entgegen, so daß ich mir sagen mußte: ›Allah weiß, wie seltsam das ist, ein so edler junger Mann aus hohem Hause, und diese merkwürdigen Manieren. Wahrscheinlich ist er recht eingebildet.‹ Jedenfalls fühlte ich ihm den Puls, schrieb ihm ein Mittel auf und besuchte ihn zehn Tage lang, bis er sich erholt hatte und wieder ein Bad im Hammam nehmen konnte. Der Statthalter belohnte mich fürstlich mit einem Ehrenkleid und der Position eines leitenden Arztes im Krankenhaus von Damaskus.

Ich begleitete meinen Patienten immer ins Bad, das man ihm zuliebe für alle anderen Besucher geschlossen hatte, und als die Diener, die immer mitgingen, drinnen seine Kleider abnahmen, sah ich, als er ganz nackt war, die Erklärung für seine Schwäche: seine rechte Hand war erst vor kurzem abgeschlagen worden! Man kann sich vorstellen, wie erschrocken ich war, aber mein Mitleid wurde noch größer, als ich auf seinem ganzen Körper frisch vernarbte Geißelstriemen sah, die er mit Salben behandelt hatte. Man konnte mir den Schrecken und Kummer wohl ansehen, denn der Jüngling merkte gleich, was in mir vorging, und bat: »Sei meinetwegen nicht so betroffen, du großer Arzt, ich will dir alles erzählen, wenn wir wieder zu Hause sind.« Als wir dann, vom Bad erfrischt und nach einer kleinen Stärkung wieder im Palast des Statthalters saßen, wollte er mir eine Freude machen und schlug vor, mir den großen Eßsaal zu zeigen. Der Gedanke gefiel mir, und so ließ er die Sklaven Teppiche und Sitzkissen auf den Söller tragen, uns ein Lamm rösten und Früchte bringen. Nachdem wir gegessen hatten – er immer mit der linken Hand –, konnte ich mich kaum mehr gedulden und bat ihn um seine Geschichte. »So laß dir erzählen, großer Arzt, was mir zugestoßen ist:

Meine Familie kommt aus Mosul, wo mein Großvater starb und neun Söhne hinterließ; mein Vater war der älteste. Alle wuchsen gesund auf und wählten sich Frauen, aber keinem war Nachwuchs beschieden außer meinem Vater, dem die Vorsehung mich brachte. So wuchs ich unter meinen Onkeln auf, von allen mit immer größerer Zuneigung geliebt, bis ich erwachsen war. Da ging ich eines Tages, an einem Freitag, mit meinem Vater und seinen Brüdern in die Moschee von Mosul, und wir beteten mit der Gemeinde, bis die anderen Gläubigen die Moschee geleert hatten und Vater und meine Onkel im Gespräch über fremde Länder, seltsame Ereignisse und die Sehenswürdigkeiten ferner Städte noch lange sitzen blieben. Endlich kam die Sprache auch auf Ägypten, und mein einer Oheim sagte: ›Die Reisenden erzählen, daß es auf Erden nichts Schöneres gibt als Kairo und seinen Nil.‹ Bei diesen Worten fing ich an, mich nach Kairo fortzusehnen. Mein Vater kam ins Schwärmen:

›Wer Kairo noch nicht gesehen hat, kennt die Welt nicht. Selbst der Staub glänzt golden, und der Nil ist ein wundervoller Anblick. Die Frauen dort sind feengleich, wie Miniatur-Figuren und schöne Bilder, die Häuser wahre Paläste, das Wasser süß und bekömmlich, die Erde eine kostbare Ware und heilsame Medizin, wie es in dem folgenden Gedicht heißt:

Heute bringen die Fluten des Nils dir Reichtum,
deinen Gewinn ganz allein,
morgen ist der Nil die Tränenflut der Trennung,
mein Verlust ganz allein.

Auch die Luft der Stadt ist weich und duftet aromatisch, feiner als Weihrauch; wie sollte es anders sein in Kairo, der Mutter der Welt? Allah wird es dem Dichter danken, der schrieb:

Muß ich von Kairo einst fortgehn, und seinen Freuden,
wohin mich wenden, wo noch so glücklich sein?
Den Ort verlassen, dessen laue Lüfte
der Seele wohltun und den Dichter beflügeln?
Jeder Palast, als wär's ein anderes Eden,
glänzt in der Farbenpracht von Teppichen reich geknüpft;
Auge und Seele fühlen sich beide umworben
in dieser Stadt, die Sünder und Heilige schützt.
Hier trifft der Freund den Freund, wie Allah es will,
im dichten Grün der Gärten, in Palmenhainen;
Du volkreiches Kairo, sollt' je mir bestimmt sein,
dich zu verlassen, so bleibst du in meinem Tagtraum –
und laßt den Zephir von Kairo nie etwas erfahren,
er raubte den Duft ihr sonst, der einzig ihm gleicht.

Wenn ihr Kairo in voller Blüte sehen könntet und die tausend seltenen Blumen zu einem Teppich verwoben, die Fruchtbarkeit der Nilinseln, und dann den Blick hinuntergleiten laßt auf den Abessinischen Teich, ihr könntet euch nicht davon losreißen. Nichts gleicht dem an Schönheit, und die Nilarme umschließen das üppigste Grün, wie das Weiße der Augen die dunkle Mitte und das Filigran der silbernen Fassung den Chrysolith. Daher sind diese Verse keine Übertreibung:

Beim Abessinischen Teich, o herrlicher Tag,
im ersten Licht des Morgens und der Fülle der
Sonne
spiegelt das Wasser sich in begrünten Ufern
wie Säbelblitzen im sich verengenden Blick.
Im Garten saßen wir, als man das Wasser senkte,
ganz sacht enthüllend die Ränder in buntem
Glanz,
der Strom, vom Wind berührt in leisen Wellen,
und Wolken ziehen vorbei, die Ruhenden am Ufer
schenken sich heiligen Wein; wer je die Runde
verläßt,
kann sich vom Sturz seines Schicksals nimmer
erholen –
in langen Zügen trinken wir aus wohlgefüllten
Schalen
den Wein, der Dürstenden einziges Labsal.

Und was ist schließlich vergleichbar mit dem Rasad, dem höchsten Aussichtspunkt, von dem die Besucher sagen, es ginge nichts über den Blick dort. Oder die Nacht, wenn der Nil am höchsten steht, ein Regenbogen, der sich leuchtend verströmt. Wenn ihr den Park am Abend seht, mit den lang abfallenden, kühlenden Schatten, dann glaubt ihr an Wunder und die Schönheit Ägyptens. Und wenn ihr am Kairoer Nilufer steht, wenn die Sonne sinkt und der Strom seine schimmernde Rüstung anlegt, sein silbernes Kettenhemd, spürt ihr neues Leben in euren Adern, erfrischt durch den lauen Zephir und den immer vorhandenen Schatten.‹

Das alles sagte mein Vater, und darin überließ er es den anderen, Ägypten und den Nil zu beschreiben. Ich konnte mich von diesen Visionen lange nicht lösen, selbst als alle Gespräche längst verstummt und alle gegangen waren. In dieser Nacht legte ich mich mit dem Gedanken an Ägypten schlafen, aber der Schlaf wollte nicht kommen, so heftig hatte mich das Fernweh erfaßt; und das Essen und Trinken verlor in den nächsten Tagen jeden Reiz. Da begannen meine Onkel eine Handelskarawane nach Ägypten zu rüsten, und ich weinte so lange um Verständnis vor meinem Vater, bis er auch für mich geeignete Ware zusammenstellen ließ und in mein Mitziehen einwilligte. Er mahnte die Brüder aber: ›Laßt ihn nicht nach Kairo hinein, sondern nur bis Damaskus mitkommen, wo er seine Waren verkaufen kann.‹ So nahm

ich Abschied von meinem Vater; wir ließen Mosul bald zurück und rasteten nicht eher, bis wir Aleppo erreicht hatten und uns ein paar Ruhetage gönnten. Dann ging die Reise nach Damaskus, wo wir eine paradiesische Stadt vorfanden, voller schöner Bäume, Flüsse, Vögel und Früchte. In einer Herberge stiegen wir ab, und meine Onkel machten sich an ihre Handelsgeschäfte; sie kümmerten sich auch um meine Waren so tüchtig, daß zu meiner großen Freude ein Gewinn von fünf Dirhem auf jeden Dirhem mitgebrachter Ware kam. Dann ließen sie mich auf ihrem Weg, der weiter nach Ägypten führte, zurück. Ich blieb in einem unbeschreiblich schönen Haus in Damaskus, das ich von einem Juwelier für zwei Dinar im Monat gemietet hatte.
Da ließ ich mir's nun beim Essen, Trinken und Geldausgeben gut gehen, bis ich eines Tages, vor der Haustür sitzend, eine reich gekleidete junge Dame sah; feinere Kleider hatte ich noch nie gesehen. Ich blinzelte ihr zu, und schon trat sie zur Tür herein, zögerte auch nicht lange, ihren Schleier zu lüften und den Mantel abzunehmen; als wir ins Haus gegangen waren und ich hinter uns die Türe schloß. Wie ich sie so vor mir sah, schien sie ein Bilderbuchmond voll magischem Glanz; und bei mir war es Liebe auf den ersten Blick. Da beeilte ich mich, ihr etwas anzubieten, brachte ein Tablett mit den appetitlichsten Speisen und Früchten, und wir aßen und alberten und tranken schließlich so viel, daß uns der Wein den Kopf

verdrehte. So kam es, daß ich mit ihr die süßeste Nacht im Bett verbrachte, die sich denken läßt; und am Morgen bot ich ihr zum Dank zehn Goldmünzen. Da senkte sie ihren Kopf und zog die Brauen zusammen, und sie bebte vor Zorn, als sie mich anschrie: ›Daß du dich nicht schämst, mein schöner Geliebter! Du denkst wohl, ich will dein Geld?‹ Darauf nahm sie aus der Brusttasche ihres Gewandes fünfzehn Dinar und drohte mir, indem sie sie hinlegte: ›Bei Allah! Wenn du sie nicht nimmst, komme ich nie wieder.‹ Da nahm ich das Geld, und sie nannte mich ›Liebling‹, und daß ich sie in drei Tagen wieder erwarten sollte, ›zwischen Sonnenuntergang und dem Abendessen, und bereite uns von dem Geld wieder ein so vergnügliches Mahl wie die gestrige Nacht.‹ Sprach's, und war auch schon verschwunden, und alle meine Sinne mit ihr.

Am dritten Tag kam sie wieder, in Goldbrokat gehüllt, mit kostbarem Schmuck noch schöner als zuvor. Ich hatte schon alles nach ihren Wünschen vorbereitet, das Liebesmahl stand fertig da, und wir aßen und tranken und schliefen miteinander, wie beim ersten Mal, bis zum Morgen. Noch einmal gab sie mir fünfzehn Goldmünzen und vertröstete mich wieder auf drei Tage später. So war alles wie immer, als sie zur verabredeten Zeit erschien, diesmal noch fürstlicher gekleidet als die ersten beiden Male, und mich fragte: ›Bin ich nicht schön, mein Geliebter?‹ – ›Ja, bei Allah‹, gab ich ihr recht, und nun wollte sie wissen, ob es mir gefiele, wenn sie eine noch hübschere Freundin mitbrächte, ›sie ist jünger als ich und könnte mit uns guter Dinge sein, du könntest sie ein wenig aufheitern, wo sie doch so lange schon traurig ist und mich gebeten hat, sie mitzubringen.‹ Natürlich war ich gern einverstanden, und wir tranken, bis uns der Wein zu Kopf stieg, und schliefen bis zum Morgen miteinander, bis sie mich diesmal bat, für ihre fünfzehn Dinar noch etwas mehr als sonst für den weiteren Gast einzukaufen. Dann ging sie fort, bis, vier Tage darauf, alles wie immer bereitstand; und kaum war die Sonne untergegangen, erschien sie mit einem jüngeren Mädchen, das sich schüchtern in seinen Mantel hüllte. Sie traten ein und setzten sich, und als ich sie so anschaute, fiel mir ein Liedchen ein:

Wie lieb ist der Tag und gewogen das Glück,
wenn kein Tugendwächter ihn trübt mit Kritik,
wenn vor Liebe und Lust der Kopf mir schwimmt
und den öden Verstand der Wein mir nimmt,
wenn der volle Mond durch die Wolken scheint
und die Zweiglein schaukeln in leuchtendem Grün,
wenn die Rose blüht in der Wangen Rot
und Narziß schlägt die Augen auf liebeskühn;
wenn die Lust mich mit der Geliebten eint
wie die Freundschaft fest mit dem treuen Freund!

Ich genoß ihren Anblick und zündete gleich die Kerzen an, kaum hatte ich sie mit Freuden begrüßt. Sie ließen das schwere Obergewand fallen, und das neue Dämchen hatte kaum ihr Gesicht entschleiert, als ich schon sah, daß sie noch schöner war als der volle Mond, nie habe ich mehr Entzücken empfunden. Dann beeilte ich mich mit dem Bewirten, und wir ließen es uns schmecken. Ich hörte nicht auf mit dem Nachschenken bei dem neuen süßen Gast, verwöhnte sie auch mit den leckersten Bissen, bis meine Geliebte, innerlich schon ganz eifersüchtig, mich zum Schein fragte: ›Ist sie nicht noch schöner als ich?‹ Worauf ich nicht lange überlegen mußte: ›Ja, bei Allah!‹ – ›Dann wünsche ich, daß du heute nacht mit ihr schläfst; denn ich bin deine Geliebte, sie aber unser Ehrengast.‹ – ›So soll es sein, so wahr ich Augen im Kopf habe.‹ Da stand sie auf und bereitete das Lager, und ich nahm das süße Kind und schlief mit ihr bis zum Morgen, bis ich ganz naß, wohl vom Schweiß, aufwachte. Ich setzte mich auf und versuchte, das Mädchen zu wecken; aber als ich sie an den Schultern rüttelte, war meine Hand auf einmal rot vom Blut, und ihr Kopf rollte vom Kissen. Da schwanden mir die Sinne vor Grauen, ich konnte noch ausrufen, ›Allmächtiger Beschützer hilf!‹, sah noch, daß ihr der Kopf vom Rumpf geschlagen war, da wurde es mir schwarz vor Augen.

Später suchte ich nach meiner ersten Geliebten, aber fand keine Spur von ihr. Da begriff ich endlich, daß sie die Mörderin war, aus Eifersucht, und ich beklagte mein Schicksal: ›Es gibt keine Majestät und keine Macht außer in Allah, dem Großen und Allmächtigen! Was soll ich nur tun?‹ Lange überlegte ich, dann zog ich mich aus, grub ein Loch in die Mitte des Innenhofs und legte das ermordete Mädchen mit allen Juwelen und allem Goldschmuck hinein; darüber warf ich die Erde, dann deckte ich die Marmorplatten wieder sorgfältig zu. Dem folgte die zeremonielle Reinigung, ich zog neue Kleider an, nahm, was von dem Geld übrig war, und schloß das Haus ab. Ich versuchte Mut zu fassen, als ich zu dem Hausbesitzer kam, zahlte ein Jahr Miete, erklärte, daß ich zu meinen Onkeln nach Kairo wollte, machte mich sofort auf den Weg nach Ägypten und fand meine Verwandten, die sich freuten. Sie hatten ihre gesamte Ware gerade verkauft und wollten wissen, warum ich gekommen war. Ich sprach von Sehnsucht nach ihnen, aber nicht davon, daß ich noch Geld bei mir hatte. Ein Jahr blieb ich dort bei ihnen, versuchte, die Freuden Kairos und des Nils zu entdecken, gab viel für Gelage und Zerstreuungen aus, bis die Zeit der Abreise meiner Onkel heranrückte. Da floh ich vor ihnen und versteckte mich. Sie ließen überall nach mir suchen und fragen, gaben aber auf, als alles nichts half, und sagten sich: ›Er ist sicher nach Damaskus zurückgekehrt.‹ Als sie abgereist waren, wagte ich mich wieder hervor und blieb noch drei Jahre in Kairo, bis ich fast nichts mehr hatte außer dem Betrag einer Jahresmiete in Damaskus, wohin ich jedes Jahr die Miete dem Besitzer hatte senden lassen, so daß ich wenigstens schuldenfrei war.

Da trat ich schließlich die Reise nach Damaskus an und stand wieder vor dem verlassenen Haus; der Juwelier, dem es gehörte, war froh über das Wiedersehen, und ich fand alles noch so verschlossen und unberührt vor wie damals, bei meiner Abreise. Ich öffnete die Schränke und nahm Kleider und meine Sachen heraus, als ich unter dem Teppich-Lager jener Liebes- und Mordnacht ein goldenes Halsband fand, auf dem zehn wunderschöne Edelsteine funkelten. Ich hob es auf, reinigte es vom Blut, starrte es an und weinte eine Weile. Dann hielt ich es noch zwei Tage in dem Hause aus, bis ich am dritten ins Bad ging, meine Kleider wechselte, und mir eingestand, daß ich kein Geld mehr hatte; da muß mir Satan die Versuchung ins Ohr geflüstert haben, damit mein Schicksal seinen Lauf nahm: am nächsten Tag nahm ich das Juwelen-Halsband mit zum Basar und gab es einem Makler. Der bat mich, in dem Juwelierladen meines Hausbesitzers zu warten, bis der Markt sich füllte. Dann nahm er das Collier hinter meinem Rükken an sich und bot es heimlich draußen zum Verkauf an. Der Halsschmuck wurde mit zweitausend Dinar bewertet, aber der Makler kam zurück und behauptete frech, das Halsband sei aus Kupfer, eine Nachahmung fränkischer Machart, und höchstens tausend Dirhems wert. ›Ja‹, schwindelte ich, ›ich weiß, daß es aus Kupfer ist; meine Frau und ich wollten uns damit einen Scherz mit der Beschenkten erlauben, aber nachdem meine Frau es jetzt geerbt hat, wollen wir es natürlich verkaufen. Also nimm es und laß dir tausend Dirhems auszahlen.‹

Nun wußte der Makler, daß an der Sache etwas faul war. Gleich trug er das Halsband zum Basar-Vorsteher, und der, nicht faul, trug's zum Wali, der zugleich Polizei-Präfekt war, und log ihm vor, der Schmuck sei aus seinem Haus gestohlen worden: ›Wir fanden den Dieb in Kaufmannskleidern.‹ Unversehens war ich von Wachen umringt, die mich gefangen nahmen und vor den Wali zum Verhör schleiften. Dem erzählte ich dieselbe Geschichte wie dem Makler; aber er lachte nur und sprach: ›Das ist nicht wahr.‹ Ehe ich noch recht merkte, was geschah, stand ich schon ohne Kleider da, und die Wachen schlugen mit Palmstöcken auf meine Rippen ein, bis ich vor Schmerz ausrief: ›Ja, ich hab's gestohlen‹; denn ich konnte mir gut vorstellen, was sie tun würden, hätte ich von dem Mord an dem Mädchen mit dem Halsreif angefangen, noch dazu in meinem Haus; sie hätten mich zur Vergeltung auf der Stelle hingerichtet. Da schrieben sie mein Geständnis auf, schlugen mir die Hand ab und hielten den Stumpf in siedendes Öl, bis ich in Ohnmacht fiel.

Später gab man mir Wein, ich erholte mich etwas, nahm meine Hand und wollte mich in mein schönes

Haus zurückziehen, als mich der Besitzer abfing: ›Nun, wo dies geschehen ist, mein Sohn, mußt du leider mein Haus verlassen und dir eine andere Unterkunft suchen, denn du bist als Dieb überführt worden. Du bist ein hübscher junger Mann, aber wer wird jetzt noch mit dir Mitleid haben?‹ Ich bat ihn, mich wenigstens noch zwei oder drei Tage bei sich wohnen zu lassen, bis ich etwas gefunden hätte. ›Nun gut‹, meinte er und ließ mich allein. So saß ich in meinem Haus und weinte und dachte kummervoll an die Verwandten zu Hause, und was sie sagen würden, wenn sie meinen Armstumpf sehen würden, nicht wissend, daß ich unschuldig war. Selbst jetzt hatte ich mein Vertrauen in Allah noch nicht ganz verloren, weinte aber noch lange und überließ mich tagelang meinem Leid. Da kam am dritten Tage plötzlich mein Vermieter herein, gefolgt von Wachen und dem Basar-Vorsteher, der gegen mich verlogen ausgesagt hatte. Sie ließen mir keine Zeit für überraschte Fragen, fesselten mich mit einer Kette um den Hals und erklärten, der Wesir von Damaskus, zugleich der Statthalter, habe sich als der wahre Besitzer des Juwelenhalsbands herausgestellt: ›Es ist ihm vor drei Jahren abhanden gekommen, zur selben Zeit, als seine jüngere Tochter verschwand.‹ Als ich das hörte, sank mir das Herz, und ich sah mein Leben unrettbar verloren: ›Allah weiß, daß ich dem Herrscher die Wahrheit sagen werde; soll er mich töten, wenn er will, vielleicht wird er mir aber auch verzeihen.‹

Sie brachten mich zum Hause des Wesirs und ließen mich dicht vor ihm stehen bleiben. Er sah mich lange von der Seite an und sagte zu den Umstehenden: ›Warum habt ihr ihm die Hand abgeschlagen? Dieser junge Mann hat viel Unglück gehabt, aber er trägt keine Schuld; ihr habt ihm großes Unrecht getan.‹ Bei diesen Worten faßte ich neuen Mut und sagte, was mein Gefühl mir riet; ich versicherte ihm hoch und heilig, daß ich kein Dieb wäre, diese da hätten mich schwer verdächtigt und so lange mitten auf dem Markt geschlagen und gequält, bis ich in der Not ein falsches Geständnis abgelegt hätte, unschuldig wie ich war. ›Hab' keine Angst‹, entschied der Statthalter, ›dir soll kein Leid mehr geschehen.‹ Dann befahl er, den Vorsteher des Basars ins Gefängnis zu werfen, und bedrohte den Mann, bei Strafe des Stricks und dem Verlust aller Güter, mir das Blut-Geld für die Hand zurückzugeben. Seine Wachen erhielten Befehl, den Kerl gleich fortzuschaffen und mich mit ihm allein zu lassen. Da nahmen sie mir die Halskette ab und die Fesseln von den Armen; und er sah mich genau an und verlangte: ›Nun sage aber die Wahrheit, mein Sohn, und erzähle mir, wie du zu dem Halsreif kamst!‹ Er unterstrich seine Worte mit einem alten Sprichwort:

Die Wahrheit bekommt dir am besten,
und brächte sie dich ins Feuer der Reinheit!

›Hoher Herr‹, antwortete ich da, ›Allah ist Zeuge, daß ich nichts als die Wahrheit sagen werde.‹ Dann erzählte ich ihm alles, was zwischen mir und der ersten schönen Unbekannten war, und wie sie mich zu der zweiten geführt hatte, nur um sie dann aus Eifersucht umzubringen. Als er alles bis ins einzelne gehört hatte, schüttelte er traurig den Kopf, schlug mit der rechten Hand auf die linke, bedeckte sein Gesicht mit einem Tuch und weinte lange, bis ihm die Verse einfielen:

Um mich herum nur das Leiden an dieser Welt,
einer Welt, die krankt an den eigenen Widersprüchen;
Liebes-Einheit zwischen den Menschen ist bald entzweit,
und wenige gibt's, die sich nicht trennen müssen.

Dann wandte er sich mir zu und sagte: ‹Du mußt wissen, daß die ältere, die dich zuerst besuchte, meine wohlbehütete Tochter war. Als sie erwachsen war, sandte ich sie nach Kairo und ließ sie mit dem Sohn meines Bruders trauen. Er starb aber bald, und sie kam zurück, wenn auch sehr verändert durch die Kairoer Sitten; kein Wunder, daß sie viermal zu dir ging und zuletzt ihre jüngere Schwester mitbrachte. Sie waren leibliche Schwestern, hingen sehr aneinander und teilten jedes Geheimnis. Als der Älteren das Abenteuer mit dir passierte, zog sie die Schwester ins Vertrauen, die gerne mitkommen wollte. Du warst einverstanden, und so geschah's; doch sie kam weinend allein zurück und wollte auf meine besorgten Fragen von nichts gewußt haben. Bald erzählte sie ihrer Mutter aber doch alles unter vier Augen, auch, wie sie der Schwester den Kopf abgeschlagen hatte. Von ihrer Mutter erfuhr ich dann alles, auch wie sie weinte und weinte und immer wieder versicherte: ›Ich werde um sie trauern, bis ich sterbe, Allah weiß es.‹ Wirklich starb sie bald darauf an gebrochenem Herzen.

Nun weißt du also, mein lieber Sohn, was geschah; und jetzt darfst du mir nach all der Trauer eine Bitte nicht abschlagen: du sollst meine jüngste Tochter heiraten, die noch Jungfrau ist und keine leibliche Schwester der beiden. Ich will auch keine Morgengabe von dir; vielmehr will ich dir eine schöne jährliche Summe auszahlen lassen, und du sollst in meinem Hause als mein Sohn leben.‹ Überglücklich willigte ich ein, von einer solchen Wendung des Schicksals hätte ich nie zu träumen gewagt. Schon ließ er den Kadi und Zeugen kommen und den Ehevertrag für seine Tochter aufsetzen; dann durfte ich zu ihr, und wir wurden ein Paar. Er sorgte auch dafür, daß der Basar-Vorsteher mir eine stattliche Entschädigung bezahlte, und ich erhielt eine hohe Vertrauensstellung. Kurz darauf kam die Nachricht, daß mein Vater gestorben war, und der Wesir ließ durch einen Boten, den das königliche Siegel auswies, meine väterliche Erbschaft hierherbringen. Nun weißt du, großer Arzt, wie es mit meiner Hand kam, und wieviel Glück ich doch in meinem neuen Leben gefunden habe.«

NACHWORT DES ÜBERSETZERS

Jorge Luis Borges hat es dem Übersetzer beim Übertragen von Sir Richard Burtons Fassung der *Tausendundeine-Nacht*-Erzählungen ins Deutsche zugleich leicht und schwer gemacht. Leicht, weil er – in autobiographischen Schriften und in einem langen, funkelnden Essay über die wichtigsten Übersetzer Galland, Mardrus, Burton und Littmann – sehr deutlich gemacht hat, warum ihm die Fassung von Burton so viel besser gefiel als das etwas trocken registrierende Bemühen Enno Littmanns, das Schriftarabische der als verläßlich geltenden Kalkuttaer Ausgabe Macnaghtens (1839–1842, der ersten vollständigen Druckausgabe) möglichst authentisch wiederzugeben. Schwer aber auch, weil Borges dem deutschen Übersetzer einen so hohen Standard entgegenhält, weil er gerade in unserer Literatur die Tradition des Schauerlichen und Unheimlichen besonders ausgeprägt und suggestiv vorfand: »Sowohl in der Philosophie wie auf dem Gebiet des Romans besitzt Deutschland eine phantastische Literatur – besser gesagt, es besitzt ausschließlich eine phantastische Literatur. In den *Nächten* kommen Wunder vor, die ich gern einmal im deutschen Denken wiedererlebt hätte … In ein und demselben Band finden sich der Rubin, der bis zum Himmel emporsteigt, und die erste Beschreibung Sumatras, die Eigentümlichkeiten des Hofstaats der Abbassiden und die Engel aus Silber, deren Speise die Rechtfertigung des Herrn ist … Die Vorsäle werden verwechselbar mit den Spiegeln, die Maske steht hinter dem Gesicht: unmöglich zu sagen, wo der wirkliche Mensch anfängt und wo seine Abbilder aufhören. Aber all das ist nicht wichtig; dieser Wirrwarr wird als etwas Gewöhnliches hingenommen wie die Erfindungen des Halbschlafs.

Der Zufall hat hier sein Spiel mit Symmetrien, mit dem Kontrast, mit der Abschweifung getrieben. Was ließe sich daraus machen, wenn irgend jemand – ein Kafka – diese Spiegel organisieren und akzentuieren würde, wenn er sie wiedererschüfe, im Einklang mit der deutschen Entstellung der Wirklichkeit, im Einklang mit der deutschen ›Unheimlichkeit‹?« (»Die Übersetzer der Märchen von Tausendundeiner Nacht«, 1935).

Schwer zu sagen, was Borges, dem Littmanns »gelassenes Deutsch«, das Lakonische und Mittelmäßige seiner »deutschen Rechtschaffenheit« nicht genügte, von einer deutschen Fassung im Sinne Kafkas und der Magie heute, am Ende des 20. Jahrhunderts, mehr schätzen würde: Kafkas detailgenaue, realistische Groteske der *Verwandlung*, also magischen Realismus, oder den 1935 immer noch nachhallenden Expressionismus, den ihm der Stil, aber auch das heterogene Vokabular Captain Burtons vorzuformen schienen. Denn bei Burton reizt Borges der Reichtum eklektischer Tradition, »die schroffe Obszönität John Donnes, das gigantische Vokabular Shakespeares und Cecil Tourneurs, Swinburnes Hang zum Archaischen, die krasse Gelehrsamkeit der Traktatschreiber von 1600, die Energie und die Unbestimmtheit, die Liebe zu den Stürmen und zur Magie.« Diesem enthusiastischen Burton-Urteil kann sich der heutige, urbaner gestimmte Übersetzer nicht immer so ohne weiteres anschließen. Borges identifizierte sich mit dem großen, oft wagemutigen Abenteurer und Orientreisenden, den schon sein Vater so gerne las und den er selbst mit neun Jahren, gleich nach *Huckleberry Finn*, auf dem Dachgarten versteckt, verschlang: »Ich war so mitgerissen von seinem Zauber, daß ich von den anstößigen Stellen keine Notiz nahm« (»Autobiographischer Essay«, 1970). Burton schockierte in 72 Bänden mit deftiger Deutlichkeit die viktorianische Prüderie, war aber Aristokrat genug, seine *Alf-laila*-Übersetzung in nur 1000 Exemplaren für den Burton-Club in London drucken zu lassen; Borges bewunderte den alten Haudegen, der über *Bajonettübungen, systematisch dargestellt* (1853), ebenso faszinierend schreiben konnte, wie *Über einen Hermaphroditen der Kapverdischen Inseln* (1864) oder den von ihm entdeckten Tanganjika-See. Vor einem Stilfehler Burtons warnt aber bereits Borges, dem Hang zur Nachdichtung arabischer Verse in schwülstigen Reimen (hier läßt sich Borges weit mehr von der »inneren Bewegung« der Verse Littmanns beeindrucken); und der heutige Übersetzer ist besser beraten, freie Verse ohne gequälte Metaphern in vermeintlicher Orientmanier zu bilden, bis auf wenige volksliedhafte Ausnahmen, die deutlich anakreontisch gemeint sind. Selbst Littmann konnte sich als Arabist nicht versagen, die anapher- und assonanzenreiche Sprache der Araber im Deutschen nachzuahmen. Aus den vielen ähnlich auslautenden Verben im Arabischen wird aber im Deutschen ein befremdlicher Singsang, jedenfalls in der Prosa. Die »krasse Gelehrsamkeit der Traktatschreiber« würde heute ebensowenig auf Gegenliebe beim Leser stoßen wie die Bemühung um Archaismen wie »behold«, »quoth he«, »right marvellous indeed«, »beautiful withal«; es kann der Lesereinfühlung auch nicht dienen, wenn der gerade erst erblickte Armstumpf einer frisch abgehackten Hand mit der klinischen Trockenheit des Kanzleistils erklärt wird. Wer Burton hier zu gewissenhaft folgt, riskiert komische Wirkungen.

Tzvetan Todorov ist es neben Borges am besten gelungen, erzähltheoretisch die Lust am Fabulieren in immer neu eingebetteten Neben-Erzählungen, den unendlichen Spiegel-Charakter der »wunderbaren Erzählmaschine« transparent zu machen, die auf die Pointe hinausläuft: »Der Schrei in den *Tausendundein Nächten* lautet nicht: Die Börse oder das Leben! Sondern: Eine Erzählung oder das Leben! Diese

Neugier ist der Anlaß zu den unzähligen Geschichten und auch zu den unablässigen Gefahren« (»Erzähl-Menschen«, 1967). Wenn der Mensch sterben kann, sobald er für die Erzählung überflüssig wird, so sieht man dieses Prinzip in unseren drei verschränkten Geschichten illustriert im Gewinn der Lebensverlängerung für die Schlangenkönigin. Hâsib Karîm wird sein Versprechen, nicht zu baden, wodurch die Schlangenkönigin sterben soll, um so eher halten, je mehr er am Beispiel der Gebotsübertretung durch Dschanschâh (als der Scheich Nasr ihm verbietet, den einen Raum in Salomos Schloß zu betreten) lernt, wie gefahrenreich die übermenschliche Liebe zur geisterhaften Schamsa verläuft, und wie traurig am Ende. Doch bleibt der Tod der Schlangenkönigin durch Hâsib von Allah bestimmtes Schicksal, und sie nimmt ihre Bestimmung hin. Das Ganze ist Teil einer unendlichen Erzählung, symbolisiert in den fünf Blättern, die von all den Büchern von Hâsibs Vater nach dem Schiffbruch übrigbleiben. Und dies führt zu Borges zurück, der immer schon, unausgesprochen, die Aufgabe fühlte, das schriftstellerische Werk des verhinderten Vaters zu vollenden. Es mag auch ein zusätzlicher Grund für die Auswahl gerade dieser Geschichten für die *Bibliothek von Babel* gewesen sein: »Fragte man mich heute nach dem Hauptereignis in meinem Leben, so würde ich die Bibliothek meines Vaters nennen.« Auch das Prophetische, Schwindelerregende gehört zu diesem Ringvorgang des Erzählens; in den fünf vererbten Einzelblättern deutet sich an, es seien Fragmente der eben erzählten, in ihrer Verschachtelung fünfteiligen Schlangenkönigin-Geschichte, darin bereits prophetisch festgehalten und im Bild der Schlange den Ring schließend.

Die moderne Sensibilität für psychologische Kohärenz macht es dem Leser und dem Übersetzer nicht leicht: Todorov zeigt, daß das psychologisch Plausible hier nicht, wie von Henry James dogmatisch gefordert, Motor der Handlung ist; es kann so sein, muß aber nicht, die Handlung und die Psyche der Figur laufen oft getrennt, interferieren manchmal, bedingen einander nicht. Wo sie sich deutlich nicht bedingen, wo sich die Figur psychologisch unerwartet verhält, setzt oft der »gesunde Menschenverstand« ein, der materielle Trost. Es bleibt ein ungelöster Rest in diesem opaken Puppenspiel, und dieser Rest löst wieder eine andere Geschichte aus. Den Übersetzer, der sich hier interpretierend, oft wider Willen und bessere Grundsätze der Werktreue, den verführerischen Leerstellen der Erzählmaschine ausgesetzt fühlt, hat Todorov entschuldigt:

»So wird die erzählende Geschichte immer auch eine erzählte Geschichte, in der die neue Geschichte sich reflektiert, in der sie ihr Abbild findet. Andererseits muß jede Erzählung neue Erzählungen erzeugen; innerhalb, damit ihre Gestalten leben können; und außerhalb, damit das Zusätzliche, das sie unfehlbar enthält, aufgebraucht wird. Die zahlreichen Übersetzer der *Tausendundein Nächte* scheinen alle der Macht dieser Erzählmaschine erlegen zu sein; keiner konnte sich mit einer einfachen, getreuen Übersetzung des Originals abfinden; ... der wiederholte Aussageprozeß, die Übersetzung, stellt für sich allein eine neue Geschichte dar, und diese hat auch bereits ihren Erzähler gefunden; Borges hat sie zum Teil in ›Die Übersetzer der Tausendundein Nächte‹ erzählt.«

VOLKER WEHDEKING

Die von Jorge Luis Borges in 30 Bänden herausgegebene *Biblioteca di Babele* erschien im Verlag Franco Maria Ricci, Mailand. Die deutsche Erstausgabe wurde von der Edition Weitbrecht im K. Thienemanns Verlag, Stuttgart herausgebracht.

Gesetzt wurde der Text in der Excelsior und der Futura Bold bei Greiner & Reichel, Köln. Buchgestaltung und Herstellung: Anke Rosenlöcher, Frankfurt am Main. Umschlagillustration: Bernhard Jäger, Frankfurt am Main. Umschlag- und Einbandgestaltung: Angelika Richter, Heidesheim. Druck und Bindung: Friedrich Pustet KG, Regensburg. Printed in Germany 2008. ISBN 978-3-7632-5826-0. www.buechergilde.de / www.bibliothekvonbabel.de

QUELLENNACHWEIS

Vorwort von Jorge Luis Borges
Aus dem Spanischen von Karl August Horst. Aus: Jorge Luis Borges, Gesammelte Werke in 9 Bänden. Band 5/I: Essays 1932–1936. Mit einem Nachwort von Iso Camartin. Aus dem Spanischen von Karl A. Horst, Curt Meyer-Clason und Melanie Walz.

Die Erzählung der Schlangenkönigin
(nach Richard Francis Burton)
Die Erzählung des jüdischen Arztes
(nach Richard Francis Burton)
Aus dem Englischen von Volker Wehdeking
Mit einem Nachwort des Übersetzers